HERSIDE STORY

UÅ 903-NÅNTING

© Lisa Lering Nguyen 2019
Förlag: BoD – Books on Demand, Stockholm, Sverige
Tryck: BoD – Books on Demand, Norderstedt, Tyskland
ISBN: 978-91-78510-37-5

Till dig som har eller har haft ett brustet hjärta.
Du kanske inte kommer över det
men du kommer garanterat igenom det.
Med vänlig hälsning
Lisa.

Lisa Lering Nguyen

HERSIDE STORY

UÅ 903-NÅNTING

INLEDNING

"Väntar på en ängel
Väntar på att nån ska rädda mig
Åh, jag väntar på en ängel
Väntar på att jag ska glömma dig
Måste ta mig här ifrån (måste ta mig här ifrån)"

Det kanske inte var kärlek, det kanske inte var något mer än en tillfällig förbindelse mellan två personer med en intensiv och häftig attraktion för varandra. Men han kändes definitivt som en 9:a på Richterskalan i hennes känslomässiga anatomi när han försvann.

Bland ruiner och skärvor efter skalvet fann hon sig sitta defekt och försöka få ihop sig själv igen tillsammans med bensodiazepiner. Hon sa aldrig att hon älskade honom, det hade varit för subversivt, osunt och motbjudande. Om det nu inte var kärlek, om det bara var en tillfällig förbindelse mellan två personer med intensiv och häftig attraktion för varandra.

Maj

JAG VILL INTE LEVA MEN INTE HELLER DÖ

JONATHAN JOHANSSON - ALDRIG ENSAM

"Kvarteret nästan tömt, på människor och känslor. Ingen rörelse någonstans
Aldrig, aldrig ensam. Alltid ensam här. Aldrig, aldrig ensam."

Det var högsommar ute trots att det bara var mitten på maj.
Våren hade redan hunnit passera förbi med sin tid för
pånyttfödelse, växtlighet och blomster. Luften var lika varm om
morgnarna på väg till jobbet som den var när hon cyklade hem på
eftermiddagarna.

Om kylan fanns och väntade bakom något hörn skulle den inte
infinna sig förrän i slutet på september. Trots värmen och de glada
barn-sorlen som ekade över skolgården fanns det en underliggande
kyla inombords som grämde inom henne när hon vandrade från
skolans matsal upp till klassrummet. Vinkade lite förstrött till
några elever på håll, korsade armarna över bröstet och log, trots att
de ständiga tankarna malde om och om i huvudet på henne- vem
fan är jag och vad i helvete gör jag här?

I ordinära människors liv skulle det här förmodligen anses vara en vanlig identitetskris som eventuellt skulle leda till en resa till Spanien under hösten eller möjligtvis en ny bil. I hennes liv, med några suicid-försök i bagaget under tonåren ledde de små och subtila frågorna till en ytterligare och större- *varför måste jag vakna imorgon?*

Det hände vissa nätter att hon hamnade på olika forum på nätet, många oseriösa men några seriösa, om hur man kunde undgå att behöva uppleva en ny morgondag.

Mestadels avslutades kommentarerna i de olika forumen med "gör det inte, ditt liv är värt att leva" eller "det finns hjälp att få". När de kommentarerna dök upp brukade hon lägga undan sin telefon och somna. Det var något betryggande med att läsa inläggen i dessa forum. Inte med anledning av de avslutande kommentarerna, utan för att det fanns fler som henne som i stunden också kände ett invändigt och förtvivlande mörker.

Hon visste inte hur det det hade gått till eller vilket uppvaknande som plötsligt kom insvepandes i livet men dagen hon fyllde 18 år hade tankarna om att ta sitt liv försvunnit. Det kanske inte var en vit kanin som plötsligt for upp ur hatten, vändpunkter kommer sällan fram och presenterar sig, men tankarna var plötsligt en dag bara borta. Det här året skulle hon fylla 30, 12 år hade passerat sedan hon hade haft tankar på att aldrig behöva möta en ny morgondag. Trots den långa tid som passerat kändes det som om det bara var ett ögonblick sedan tonårens trasiga utopi hade utspelats.

Det sägs att man kan memorera cirka 100 namn i sitt huvud

innan hjärnan börjar tappa och glömma vissa minnen. Hon kunde memorera ungefär hälften av alla eleverna som gick på skolan. Det var drygt 300 namn. Tyvärr ville inte minnet av läkaren som sytt ihop hennes trasiga handleder i en sjukhusbrits försvinna.

Minnesbilden av en stark taklampa som bländade i ansiktet samtidigt som hennes mamma stod bredvid henne och grät hysteriskt bleknade aldrig hur mycket hon än ville. Hon hade blivit tvångsinlagd på BUP i Uppsala under några veckor innan hon väl hamnade på ett familjehem, den stora vändningen och räddningen. Hennes familj och HVB-hemmet hon tidigare hade bott på vägrade att släppa in henne igen efter det tredje självmordsförsöket som nästan lyckats. Helt förståeligt även om hon inte förstod det då, vem vill ha eller ta i någon som aldrig kan garantera att en lever nästkommande dag?

Under 12 år hade både vatten, stormar och floder runnit och rivit ner broar i livet.

Även om hon befann sig på exakt samma plats som hon hade gjort som 18-åring, valde hon att inte genomföra de tankar som blommat ut i hennes sinne, hon visste bättre än att tro på sina egna tankar i huvudet och ringde istället upp sin arbetsterapeut hon hade på psykiatrin. De bestämde efter ett kort samtal att hon skulle få träffa en psykolog som kunde hjälpa henne på ett helt annat plan än vad terapeuten kunde.

Hon godtog lösningen även om hon var skeptisk. Samtalskontakter var inte hennes grej. Arbetsterapeuten var den första hon kände att hon kunde prata med efter att ha träffat fler kuratorer och psykologer under hennes tonårstid än vad många ordinära människor hade eller någonsin skulle vara med om.

I slutet på maj fann hon sig sittandes mittemot en psykolog i ett samtalsrum på det gula sjukhuset. Hon hatade samtalsrum, det fick henne att känna sig liten och sjuk. Ordet psykiatri var dessutom ett illavarslande substantiv. I hennes värld var det synonymt för dårhus och vad hon visste var hon inte mentalt sjuk, bara något ostrukturerad och impulsiv.

De flyttade efter en stund över till ett kontor, psykologen var en vänlig kvinna i 40års åldern. Psykologen frågade om hennes bakgrund. Ett inövat manus hon kunde utantill som ett rinnande vatten. Hon hade gjort allt det här tusen gånger förr.

Hon berättade om misshandeln som pågått när hon bodde hemma, hur hon hamnade på ett HVB-hem och hur ensamheten höll på att ta död på henne, inte bara en utan tre gånger innan hon slutligen hittade hem. Hos en ny familj.

Det var ingen vit kanin som for upp ur hatten 12 år senare heller men hon började sakta men säkert komma till insikt att tankarna som uppstått i henne var för att hon kände sig ensam. Inte ofrivilligt ensam, hon hade en omfattande och stor skara vänner, utan den sortens ensamhet som uppstår i ett rum fyllt av välbekanta och kända ansikten som sakta övergår till otydliga människor och slutligen blir till främlingar man inte känner alls.

Psykologen ställde analyserande frågor om hennes ensamhet.

Ett år tidigare hade hon lämnat sin partner efter sju år

tillsammans. Det var ingen överdramatiserad scen som skulle vinna en Oscar i tillvägagångssätt men det hade garanterat känts som en. Han hade varit hennes liv, hjälte och själsfrände.

Det sista året tillsammans hade hon dock funderat över deras liv ihop, de hade tagit några uppehåll men alltid funnit tillbaka till varandra- han var det mest underbara hon någonsin fått uppleva.

Men hur underbar han än var kunde hon inte komma runt frågan, om det skulle vara de för evigt, hur kompletterande de än var för varandra invändigt, var konturerna av den slutande cirkel naggad och skör.

Några dagar innan jul hade han friat till henne inför hennes elever. Även om hon instinktivt ville springa därifrån då, hade hon brutit ut i tårar och stammat fram ett ja. Ingen resonlig och intelligent människa hade tackat nej. Ett halvår senare hade de köpt en bostadsrätt ihop. Allt skulle lösa sig, det gjorde det ju alltid. En del skaffade barn för att lappa ihop sina förhållanden, andra, som hon valde att köpa en bostadsrätt ihop med någon.

Ofta fick hon höra från andra att hon var en sexuell person, det var sällan något hon reflekterade över, det var mest ett adjektiv i andras ögon som följde med i hennes personbeskrivning. Sex var fantastiskt och ännu mer fantastiskt att få ha tillsammans och ofta med en älskad. Men när attraktion inte längre fanns kvar för en älskad, var det kärlek, eller bara ett konstaterande i "jag älskar dig" då?

Attraktionen för honom hade sakta ebbat ut sedan några år tillbaka men nu var den så kraftigt påtaglig att hon inte längre kunde hålla ut. Två månader efter att de gemensamt skrivit på kontraktet blev den på tok för överväldigande. Hur stark kärleken än var kunde hon inte låtsas att den fallna attraktionen inte flåsade henne i nacken och lade sig över hennes axlar som en tung och blöt filt.

En sommarkväll efter att ha träffat en vän hade hon kommit hem och talat om för honom om att det inte längre gick. Det han mest av allt ville ha tillsammans med henne var inte längre ömsesidigt. Hans värld rasade samman framför honom och han inför henne.

Psykologen frågade om hennes före detta fick henne att känna sig ensam, hon skakade på huvudet och talade om att det var psykiskt omöjligt. Hon kunde inte tillåta sig själv att känna någon ensamhet över honom eftersom det var hon som hade lämnat honom.

Juni

C

LINNEA HENRIKSSON - TOKYO

*"Kommer du att minnas mig? Se mig i din nya tjej?
Kommer du att somna sött i våra gamla lakan?
Eller ligga vaken, ångra sånt du borde gjort?"*

Värmen som kommit till Sverige i mitten på maj fortskred även in i juni. Det efterlängtade sommarlovet var bara några dagar bort. En lång sommar utan planer och en hel sommar med för långa sommarnätter att ta sig igenom. Tidigare under våren hade hon sökt extra-arbete i några butiker och fått ett sommarjobb i en av dem. Hur märkligt det än lät kände hon en stor tacksamhet över att tvingas jobba under sommaren och således slippa gå under två månader utan rutiner eller planer.

Ensamheten fortsatte dock att vara ihärdig och nästan olidlig om nätterna men hon hade åtminstone slutat läsa forumen och det var ett steg, även om det var ett litet, på vägen.

Det lilla steget på vägen krossades dock framför henne den 5:e juni när hon fick ett sms från en av hennes bästa vänner Ebba, att hennes pappa hastigt hade gått bort.

Även om han inte var hennes biologiska pappa hade han uppfört sig om en och blivit en fantastisk fadersgestalt att se upp till.

De hade stått och lagat mat ihop, diskuterat livet och värderingar tillsammans. Han hade erbjudit henne hjälp med att övningsköra innan hon tog sitt körkort och var alltid genuint omtänksam. En fader vår i fysisk form, med två stadiga ben på jorden utan att behöva citera en bibel eller bön. När hon slutligen hade tagit det förbannade körkortet var han den första hon ringde i glädjetårar och skrek att hon numer fick köra bil. Han hade skrattat och talat om att de skulle fira hennes bedrift och att han skulle provåka med henne. Ett år hade hunnit gå sedan hon tog körkortet och han hade fortfarande inte åkt med bredvid henne än och skulle aldrig någonsin kunna göra det heller.

Ett påtagligt tomrum av själ#visk sorg och tårar skapades inom henne men också i sympati för Ebba och hennes och familj som mist en av världens finaste människor som vandrat över markerna på denna jord.

Det var få saker i livet hon kände att hon inte inte kunde hantera, döden var tyvärr en av de få sakerna. Hennes egen död bekom henne knappt medan andras bortgångar skakade om henne på ett iskallt och skrämmande sätt. Döden var en ständig påminnelse om hur snabbt förhoppningar och kärlek snabbt kunde grusas sönder framför ögonen en.

Hon började tänka på sitt ex och alla saker hon ville säga, sakerna som aldrig hann bli till ord när de var tillsammans. Alla förlåt som aldrig blev sagda. Alla fantastiska saker han gjorde som hon hade tagit för givet och hur villkorslöst han hade älskat henne.

Om nätterna när ensamheten återigen gjorde sig påmind började hon sakta men säkert känna hur mycket hon saknade hans närhet och kärleken de hade haft för varandra.

Skolavslutningen kom snabbare än vad hon hade räknat med och hur glädjande en skolavslutning kan vara för ett barn, fyllde den henne med stor sorg över hur snabbt ett år hade passerat sen sist hon satt på skolgården och sjöng med till ingen klocka ringa mer.

Några dagar efter skolavslutningen kom nästa stora hjärtesorg när meddelandet om att en av hennes närmsta kollegors man gått bort efter att ha insjuknat i cancer. Kollegan var 20 år äldre, men en identisk kopia av henne, minus ADHD-diagnosen.

Kollegan var, förutom en nära vän, både en modergestalt, en syster i nöd och en fantastisk förebild på alla sätt. Hård men rättvis och de delade flera värderingar i livet men framförallt delade de det stora gemensamma intresset i att hänga ut sina liv för varandra.

Hon lyssnade alltid intresserat över kollegans liv med hennes man och de två barnen som bodde på ett hus på söder och kollegan på hennes historier, med lika stort intresse under de år hon hade haft sin partner.

Den största likheten de delade på var dock att de blint förlitade sig på sina partners på ett helt ogenerat sätt. De samtalade om hur intelligenta och bevandrade männen var men också hur oförmögna de kunde vara när de väl behövde något. När meddelandet nådde henne förstod hon att livet plötsligt slagit om för kollegan och att hon omöjligt skulle få höra nya episoder om kollegans man.

Av ren egoism eller rädsla fick det henne att bli hysterisk. Tänk om döden skulle drabba hennes ex?

Rädslan övergick till ihärdig ångest, en känsla hon inte hade haft på flera år. Hon grät sig till sömns av förtvivlan och skam över att hon hade lämnat honom och det lilla frö av ånger som hade bosatt sig i henne började sakta spira ut i resten av hennes kropp. En eftermiddag fann hon sig sitta hos sin psykolog i tårar över sitt ex och berättade hur mycket hon saknade honom. Trots att hon inte fick, eftersom det var hon, som återigen hade valt att lämna honom. Psykologen tröstade henne med att döden kunde väcka starka känslor.

Vidare berättade hon för sin psykolog om skulden att känna en så stor sorg och ensamhet när det var självvalt och att hennes vän och kollega inte hade valt sina livsöden. Psykologen hade strukit henne över axeln och påtalat för henne att inte förminska sina känslor för att ta hänsyn till andra. Efter samtalet tog hon beslutet att träffa sitt ex igen.

Han bodde två tvärgator från hennes lägenhetshus. På vägen till hans lägenhet kände hon en plågsam smärta över bröstet. Vad ville hon egentligen med samtalet?

Hon ringde på hans dörr. Han öppnade på andra sidan och log sitt gamla leende. Ett leende som fick henne att bryta ihop framför honom. Mellan självömkan och desperat betagenhet lyckades hon sammanfatta den stora rädslan och sorgen inom henne.

"Du vet att jag inte kan hantera döden."

Med tunga ben slog sig han sig ner på golvet bredvid henne och strök henne över ryggen.

”Nej jag vet.”

Med desperat blick betraktade honom samtidigt som hon hulkade och grät.

”Jag klarar mig inte om du dör. Jag fixar det inte, jag älskar dig fortfarande och tänker på hur illa jag behandlade dig. Förlåt. Förlåt för allt.”

Två starka armar omfamnade henne utan att säga något. Av gammal vana för att han visste att hon inte var klar än, eller för att han inte visste vad han skulle svara.

Hon strök honom ömt i ansiktet när hon berättade om bortgångarna som slagit hårt i hennes tankeverkstad, följt av vilken fantastisk relation de hade haft, hur hon hade lyft honom alla gånger hans psykiska ohälsa hade fått honom att handfallet ligga ner. Hur han i gengäld fått henne att känna sig som en prinsessa när han väl mådde bra, med all sin orimliga mängd kärlek och trygghet han hade i sin vältränade och bredaxlade kropp. Deras framtidsplaner med barn och hur hon aldrig skulle kunna se sig själv med någon annan, än honom. När orden väl tog slut satt hon och lät tårarna falla ner till små saltdroppar på parketten i köket.

”Jag kan inte.” Svaret som slutligen bröt tystnaden lät lugn och sansad. Främmande adjektiv som definitivt inte huserade inte hennes kropp. En fruktansvärd ångest slog sig våldsamt runt i hela kroppen, trots att hon visste och hade vetat om svaret hela tiden.

”Jag vet.”

En förtvivlande hopplöshet svepte in som en tung mantel över axlarna. En väldig mantel som sänkte och förliste det lilla hopp som fanns för en eventuell uppföljare till en lång och detaljerad kärlekshistoria.

”Du hade fan sönder hela mig för ett år sen...jag kan inte, hur fint jag vet att vi hade det och skulle kunna ha det. Jag kan inte nu”

Ögonlocken slogs sakta ner likt en ridå, samtidigt som ögonen tårades igen. Hon hade skadat och sårat det hon älskat mest i hela världen. Om hon hade ont nu var det inget i jämförelse med den smärta hon åstadkommit i honom för ett år sen. Våren som snabbt passerat förbi hade förbisett henne. En late bloomer. Knopparna som skulle vuxit hade klippts av och nu stod hon framför en dörr som var på väg att stängas trots att hon inte var redo.

”Jag tänker vänta på dig...” han tog hennes händer i sina och började gråta. När hon såg hans stilla tårar falla kom nästa ångestladddade attack av tårar och hulkningar, ”...fattar du, jag tänker aldrig att träffa någon, jag tänker vänta på dig.”

De satt på köksgolvet och grät och höll om varandra innan de tillslut skildes åt. Utanför hans hus brände ögonen av tårar igen samtidigt som hon började vandra hemåt i den varma sommarkvällen. Hon lovade sig själv att aldrig träffa någon ny. Det skulle aldrig komma någon som någonsin kunde mäta sig med honom ändå.

J

I stadsparken, ett mindre grönområde i stadens mitt, hade det så länge hon kunde minnas alltid stått en pizzeria just där. Under somrarna, om vädret tillät, brukade den annars så lugna och trivsamma uteserveringen utanför pizzerian sakta vakna till liv. Trots att hon själv aldrig satt sin fot i den slitna lokalen eller på uteserveringen var det beundransvärt vackert, att något så litet och sjabbigt kunde locka fram sådan glädje och rörelse under sommarhalvåret. Musiken som spelades från Rix FM ur de nedgångna högtalarna och gästerna i blandade åldrar som satt utomhus på de slitna utemöblerna, ingav en viss trygghet och harmoni till alla förbipasserande i stadens centrum.

Den återkommande pizza-sagan fick sig dock ett definitivt slut efter åtskilliga somrar. Pizzerian som tidigare huserat i stadens stadspark stängdes igen och rustades upp för nya ägare. Två krögare tillika två initiativrika kockar varav en som ursprungligen var från stan och den andre, en Jönköpingsson, skulle få sätta sin prägel på mat och dryck i det lilla samhället.

Tyvärr, var nymodigheter utan ett köpt koncept i den lilla konservativa staden inte alls populärt, många skakade frenetiskt på huvudet och klagade på hutlösa priser och märkliga maträtter.

Kulinariska rätter som inte alls var oxfilé på planka med pulvermos, eller vulkanpizza med en kall Mariestad till.

Kommentarerna haglade friskt på Facebook och precis som Axelmakterna och De allierade fanns det två läger med skilda åsikter kring den nya restaurangen.

Det hände att hon skumläste igenom dessa och försökte ge sig på att förstå människans svagsinthet i att inte vilja välkomna något nytt med ett självständigt koncept- utan att lyckas.

För att fira in hennes långledighet, även om sommarlovet välkomnandes med en aning vemod, föreslog hon en after work på det nyöppnade stället för några vänner. Två av de mötte upp henne på restaurangen efter att alla hade slutat sina jobb för dagen. Ebba, en av hennes äldsta och närmsta vänner sen gymnasiet och Johanna, nageltjejen hon överraskande nog hade börjat umgås med privat efter att de klickat överdrivet bra efter andra nageltiden. Sällskapet blev eskorterade till matsalen inomhus av en långhårig och kvinnlig servitris. När de hade satt sig fick de en förfrågan om dryck. Av ren slentrian bad hon om en drink-meny, hon föredrog drinkar framför bubbel. När servitrisen kom tillbaka med drink-menyn utbrast hon med klämkäck röst:

”Vi har en fantastisk startender som är grym på drinkar!”

Hon höjde på det högra ögonbrynet och gav servitrisen en reserverad blick.

”Det blir säkert jättebra.”

När servitrisen hade gått igen började de två tjejerna i sällskapet att snegla bak mot baren. Ebba var först med att bryta tystnaden.

”Är det den blonda killen i baren som är deras startender?”

Hon satt inte lika lägligt och kunde spana över till baren på samma sätt som hennes två vänner men hon visste exakt vem de pratade om. Hon hade varit på restaurangen vid ett tidigare tillfälle och tagit en drink på uteserveringen med en annan vän och noterat bartendern. Han såg bra ut, rakad på sidorna med en längre blond kalufs mitt på huvudet, blåa ögon, 175cm lång och otatuerad med en typisk löparkropp. Han hade vänligt tittat på henne med nyfikna ögon när hon kom in då, hon hade arrogant tittat åt ett annat håll och börjat prata med en servitris istället.

Det hade gått två veckor sedan det besöket och hon hade glömt bort honom efter det.

”Ja det är han, han gjorde min drink senast jag var här”. Färdigsneglad vände hon sig mot Ebba som avfyrade en följdfråga. ”Vem är det, jag känner inte igen honom?”

”Ingen aning, nån sommarjobbare som precis tagit studenten.” Hennes blick vandrade bort mot bartendern igen.

”Han ser ut att vara äldre än en gymnasieelev?”

Hon ryckte på axlarna, vad spelade det för roll vem han var. På andra sidan bordet lutade sig Johanna mot henne med en pillemarisk blick och viskade lite lågt:

”Han ser ut som en kille för dig! Du borde flirta med honom.”

Bartendern gick förbi deras bord med en tallrik och serverade ett bord lite längre bort. Förorättat stirrade hon tyst på vännerna som satt på andra sidan bordet innan hon fräste till.

"Varför skulle jag göra det?!" Två par överraskade ögon stirrade på henne på andra sidan bordet, "Han är ju en jävla bartender, eller servitör."

Hon var inte en golddigger av naturen men under hennes korta sejour på Tinder hade hon svept vänster på varenda kille som inte verkade ha ett välbetalt jobb. Inte för att hon brydde sig om pengar men för att hennes ex hade haft en välbetalt jobb och när man väl vant sig vid något i sju år, var det svårt att få en gammal hund att sitta. Dessutom visste hon mycket väl, baserat på tidigare och egna erfarenheter, att Hotell och restaurang-branschen innebar grisiga arbetstider, pinsamt låg lön och minimal ob-ersättning.

Servitrisen kom tillbaka och frågade om de hade bestämt sig för några drinkar och förrätter.

Med en viss bestämdhet smällde hon ihop menyerna och lämnade över de till servitrisen samtidigt som sällskapet beställde varsin drink och mat.

Redan som små får vi lära oss att hemligheter är något man bör hålla för sig själv, men alla vet att hemligheter inte är något som kan bevaras exklusivt, hur reserverat ett sällskap än är i en småstad. Det finns alltid ett skelett väntandes i en garderob någonstans. Under tiden de väntade gick de inte helt oväntat igenom det senaste skvallret i staden.

Efter en stund såg hon att bartendern var på väg till matsalen med tre drinkar på en bricka till deras bord. En oförklarlig och

illavarslande känsla for igenom henne. Han såg bra ut, för bra för
att hon skulle kunna vifta bort det konstaterandet, oavsett yrke
eller pengar, oavsett att hon hade lovat sig själv att stänga av allt
intresse för andra när hon dyrt och heligt skulle sörja och aldrig gå
vidare.

Bartendern, servitören, eller vad han i hennes huvud nu
obetydliga roll var, satte sig plötsligt på huk bredvid hennes stol
och tittade med intensiva ögon på henne. På huk och farligt nära
att hans arm snuddade vid hennes för en millisekund. Hon var inte
alls bekväm med främmande människor som trängde sig för nära
inpå och dessutom glodde ogenerat.

Faktum var att hon kände sig så trängd och besvärad att
presentationen av drinkarna han hade blandat ihop blev ett stumt
nummer som pågick bredvid henne.

Tankarna skrek och överröstade den riktiga omvärlden "rör mig
inte, försvinn, gå härifrån, andas inte i min närhet".

Samtidigt som paniken rusade och alla illavarslande tankar for
runt, hann hon inte slå bort en ny tanke som föddes i samma
ögonblick. En tanke som försvann lika snabbt som den kom men
som lik förbannat, till hennes besvikelse, hade lämnat tydliga spår,
när Ebba med ett stort flin utbrast:

"Varför är du så röd i ansiktet?"

"Det är jag väl inte"

Ebba tittade roat på henne.

"Blev du generad av att han kom fram?"

"Nej?"

"Tycker du att han är snygg?", Johanna granskade henne med ett roat leende på läpparna, "Han flirtar med dig...jag känner det på mig."

Blodet som oroväckande rusat igenom kroppen men lagt sig började skena och steg snabbt i hennes ansikte igen. Med en belåten min, utan pardon, fortsatte Johanna att retsamt att slå hål i hennes mur, "Jag lovar, han kommer att komma tillbaka och så kommer han prata med bara dig"

Trots den panikslagna känslan som infunnit sig tillsammans med den skambelagda tanken, fanns det något litet i henne, så litet att det knappt skulle kunna urskiljas av den mest spirituella tankeläsaren som ville att han skulle komma tillbaka.

Den skrockfulle hade förmodligen sagt att det stod skrivet i stjärnorna. Den icke troende, att tecken var för vidskepliga och händelsen att bartendern kom tillbaka för att prata med just henne igen, även om samtalet förblev kort- bara var en ren slump.

"Fick du till en bra bild?"

Hon vände sig bak och såg att bartendern fräckt stod lutad mot hennes stol. Förutom att han ogenerat tydligen hade haft koll på vad hon gjorde med sin telefon stod han dessutom för opassande nära, igen.

"Jag vet inte. Men om jag inte fick en till bra bild får du väl bjuda på en ny drink."

Ett vänligt leende avfyrades snabbt mot henne innan han gick vidare till nästa bord. Två breda hånflin mötte henne igen när hon vände sig tillbaka för att samtala med sällskapet vid bordet igen.

"Jag sa ju att han skulle komma tillbaka...du är förresten jätteröd
i ansiktet igen."

Med himlande ögon dementerade hon all bekräftelse Johanna
precis hade fått.

"Det är väl hans jobb, de har säkert en tre minuters-policy att de
måste gå fram och fråga om det smakade bra."

Ett, om möjligt, bredare leende sprack upp i Johannas ansikte.

" ...you just wait! Du vet att jag har ett sjätte sinne för sånt här..."

"Jag vet inte vem det där är."

Trots allt rimligt förstånd i en späd kropp med sorgsen ångest
som inte alls gav samtycke, kunde hon inte hjälpa att snegla på
honom i smyg när han passerade förbi deras bord i matsalen.
Betraktade hans händer, hans gång, hans extrema mängd vax i det
blonda håret och försökte hörsamma allt han möjligen sa till andra
gäster, för att kunna uppfånga hans röst hon knappt kunde urskilja
i det högljudda restaurangsorlet. Allt, utan någon särskild
anledning.

Av samma icke existerande och oförklarliga anledning låg hon
senare samma kväll och försökte hitta honom på Instagram. Ett
namn hade passerat henne när en av servitriserna pratade med
honom och nu gjorde hon ett halvhjärtat försök till att hitta honom
bland restaurangens Instagram-följare.

Till hennes motvilliga förtjusning fanns han plötsligt i hennes
händer redan efter första försöket, på en 13,8 x 6,7 cm stor
telefondisplay som verkade lysa upp varenda mörka vrå i det
dunkla sovrummet.

Utan någon vidare tanke började hon scrolla i hans flöde, mat, mer mat, dryck, selfie och slutligen en bild på en tjej med tillhörande text "Babe" med ett rött emoji-hjärta bredvid.

På samma sätt som hon brukade lägga undan telefonen på rutin när hon hade gått igenom alla forum i maj, lade hon ifrån sig telefonen på ett liknande sätt den här kvällen. Varken glad eller besviken. Under natten bröt den sedvanliga "gå på ledighets"-förkylningen ut som lämnade henne sängliggande i feber hela midsommarhelgen.

Fyra dagar senare, efter att ha genomlidit en förkylning och den hetta som hade rått över midsommar fick hon ett infall att åka och träna. Rädslan av att eventuellt möta hennes ex på gymmet satt långt in i benmärgen. Lyckligtvis kunde hon genomföra sitt träningspass utan att behöva träffa den hon helst ville få ligga i famnen hos men som skydde henne likt bränt barn skyr elden.

Egentligen var det inget som var akut men när hon låste upp cykeln, svettig utanför gymmet i sporttopp och tights för att cykla hem igen, slog det henne att hon skulle ta en omväg förbi apoteket för att hämta ut nya p-piller.

Omvägen skulle ta exakt två minuter och tretton sekunder på cykel, plus stopp för att gå in på apoteket men det var ändå en omväg för att slippa åka hem till alla ensliga tankar. När hon med raska steg klev in på apoteket tog hon också rygg på en ung man och kvinna med annorlunda klädstil.

Åtminstone mer annorlunda än vad hon var van vid att se i den lilla hemstaden. Den uppenbarligen osminkade kvinnan bar en mönstrad klänning, röd magväska och ett par sneakers till. Mannen, ett par höga och svarta ankelbyxor, röd och vit-randig skjorta och sneakers på fötterna. Det låg något bekant över honom när hon såg honom i periferin ovanför apotekshyllorna bland nässprayer och halstabletter. Sekunder senare slog det henne att det var bartendern från restaurangen. Bartendern tillsammans med hans "Babe" med ett rött emoji-hjärta bredvid.

Av samma icke existerande anledning som hon hade betraktat honom i matsalen och sedan letat upp honom på Instagram, tog hon instinktivt upp sin telefon. Med vana fingrar knäppte hon av en smygbild på Snapchat. På honom och hans "Babe" med ett rött emoji-hjärta bredvid. Med ett brett flin över läpparna knappade hon in en tillhörande, inte särskilt schysst brud-text och skickade snapen till både Ebba och Johanna som suttit med på restaurangen några dagar tidigare, "Snygg flickvän han har".

Trots att det aldrig hade existerat, skulle bli eller behövdes någon tävling, utsåg hon ändå sig själv som den överlägsna och starka segrarinnan när hon satte sig ner på en stol och väntade på att få hämta ut hennes p-piller—*jag är fan hundra gånger snyggare än det där.*

HAN ÄR MIN

NEWKID - SAMMA GÄRI

*"Men mannen det gör inte någonting. Har inte satt på henne någon ring.
Vi får bara lösa det oss emellan nu när vi fuckar med samma gäri, gäri, gäri, jaha"*

Bland kullerstenar och butiker mitt i centrum i den lilla staden låg en mindre reklambyrå. Byråns VD var ingen mindre än hennes barndomsvän Mikaela som också gick under smeknamnet Micke. Byrån huserade i en mindre lokal på stan men var väl inredd och mysig, för den som hade ärenden inne på byrån möttes av schackrutigt golv med minimalistisk konst som prydde väggarna för att komplettera eller kompensera de tunga och mörka rokokomöblerna som stod längs väggarna i det öppna kontorslandskapet.

Sommarjobbet hon hade låg vägg i vägg med byrån, emellanåt sprang hon in till sin barndomsvän för att hälsa på och passade då även på att svalka sig i den svala inomhustemperaturen när värmen utomhus upplevdes nästan dödlig och kvävande.

Ofta stod Mikaela i telefonsamtal eller stod vid sin dator och jobbade med något kreativt i InDesign eller Photoshop till hennes kunder när hon kom in på byrån. Innan midsommar hade hon och Mikaelas pappa stått modeller för ett reportage till lokaltidningen om snygga inbjudningskort till midsommarfesten När hon kom in på byrån denna dag stod Mikaela i vanlig ordning framför datorn och svarade på några mail. De började att prata om reportaget samtidigt som hon gick igenom telefonen, lutad mot det höga skrivbordet. Under samtalet kom en bild på Mikaela upp i utforskaren på Instagram. Det var den nyöppnade restaurangen som hade lagt upp en bild i samarbete med byrån.

”Men hallå, kul att du har fixat Layouten för deras menyer?!” Mikaela skrattade och ryckte på axlarna.

”Ja det är inget samarbete…men det är kul att hänga där.”

Hon tittade upp från telefonen med sammanbitna läppar innan hon väl öppnade munnen.

”Deras bart…” hon hann knappt påbörja och ännu mindre avsluta meningen innan hon högljutt blev avbruten.

”DU. FÅR. SÅ. INTE. RAGGA. PÅ. HONOM!!! Han är min.”

Halvt skrämd av det högljudda påståendet och nedpissande av revir ryckte hon instinktivt bakåt med nacken och gav hennes vän en bisarr blick.

”Nej det hade jag inte tänkt?” En snabb flashback från apoteket passerade i hennes huvud, ”Han har flickvän, som dessutom varit här.”

Mikaela avbröt det frenetiska knappande på tangenterna.

”Jag vet att han har flickvän men du får ändå inte prata med honom?”

Hon tittade på hennes barndomsvän med ett leende på läpparna innan hon brast ut i ett skratt.

”Och hur fan vet du att han har flickvän?”

”Jag hittade på honom på Instagram, hur vet du?”

En snabb redogörelse om hur Ebba och Johanna fått intrycket av att bartendern flirtat med henne och hur en nyfikenhet hade väckts sammanfattades på mindre än en minut. Nyfikenheten hade dock släppt i samma stund som hon hade insett att han hade en flickvän, när hon var klar med sin utläggning ryckte hon på axlarna och tittade bestämt på Mikaela.

"Jag blev bara nyfiken, jag är inte ute efter att ragga på honom."

Mikaela vände ryggen åt henne och gick mot en av skrivarna i lokalen. Samtidigt som papper började matas ut från skrivaren vankade hon sakta tillbaka till skrivbordet igen och lade de välmanikyrerade fingrarna på tangentbordet.

"Nej men han verkar ju flirta med allt så du behöver inte ta det personligt. Vi har pratat massor varje kväll jag har varit där och suttit i baren. Så..."

Fortfarande lutad mot skrivbordet betraktade hon Mikaela med road blick och satte ovansidan av handen för läpparna för att hålla sig för skratt. Mikaela var orimligt duktig på att gå händelserna i förväg. Hon visste att Mikaela i sitt huvud blivit tillsammans med bartendern även om han hade flickvän.

"Jag är inte intresserad av någon som står och slänger med flaskor i en bar, han är all yours, enjoy."

Juli

FRÅGA ÅT EN KOMPIS

IMENELLA - CHAGGA

"Du vet han är en chagga hur kan de va så svårt, ba exa han och tagga.
Du borde lyssna på mig Nayaa, Nayaa, måste fatta du e fire, fire.
Han e lalalala-liar, liar. Sluta vara in denial, nial"

Om någon för en sekund trodde att värmeböljan i Sverige skulle
slå om i juli och övergå till regn och kyla som det alltid brukade,
trodde de alla fel. Regnet skulle komma men aldrig i större
mängder och aldrig i längre perioder än på några minuter. De
larmade om en mindre skogsbrand i norr på nyheterna men i
jämförelse med hur bra Sverige presterade i VM var det ingen
nyhet som skapade särskilt stora löpsedlar.

Sommarjobbet i butiken var räddningen denna sommar, hon
slapp tänka och fick fler rutiner i hennes redan rutinerade liv som
just nu krävde ännu fler ramar för att hon skulle må bra, som hon
sakta men säkert började känna att hon faktiskt gjorde emellanåt.
Dessutom fanns det en legitim ursäkt för drinkar mitt i veckan när
hennes vänner, som också jobbade planerade och bestämde in after
works. Den nyöppnade restaurangen mitt i city lockade ut folk i

sommarvärmen, att hennes vänner bestämt sig för att ta en after work en kväll på just det stället var inget unikt, inte för någon den sommaren.

Hon jobbade till 16:00, åkte hem och fick över Teresia, ytterligare en nära vän, för att dela på några sur-öl innan de skulle ses allihop vid 17:30. Just den här kvällen kändes allt väldigt bra, det var nästan som om det låg något i luften och tillät henne att få känna sig tillfreds med sig själv och hennes tillvaro.

De var först på plats och blev placerade långt in på uteserveringen med perfekt uppsikt över området.

Sakta, en efter en fylldes stolarna för det bokade bordet och den ganska städade ljudnivån mellan två personer övergick till en helt annan volym i takt med att sällskapet blev större. För den som inte vet, är det något särskilt med tjejer som ses i grupp. Det uppstår ljud, i början den sortens fniss och mummel som bara tjejer kan och lär sig tidigt kan uppmärksamma den mest ouppmärksamme för att sedan eskalera ut i högljudda skrik och skratt som kan eka långt in på natten. Den kvällen uppstod det begynnande fnisset och mumlet över bartendern som jobbade och verkade ha ansvar för bordssektionerna i utkanten på uteserveringen där tjejerna inte satt, Johanna som varit med vid det senaste besöket var även med denna kväll.

"Där är din bartender!"

"Han är inte min och han har flickvän."

"Vaddå hur vet du det?" Johanna såg på henne med en eftertänksam min.

”Ja, vaddå jag stalkade upp honom?” Hon tittade bort mot bartendern, "På Instagram, och så var hon här för några veckor sen.”

”Men han kanske är en sån som är otrogen?” Zofia, en av de nya tjejerna i sällskapet tittade på henne med allvarsam blick. ”Han är här över sommaren och så kan han ligga med vem han vill, för hon kommer aldrig få reda på det.”

Reaktionen på det provocerande uttalandet blev två himlande ögon. ”Ja jävlar vilken kanonkille, en sån vill jag gärna hänga med.”

Teresia tittade på henne med nyfiken blick.

”Får jag se hans flickvän?”

Snabbt och vant plockade hon fram sin telefon, sökte upp honom på Instagram och gav över telefonen till Teresia.

”Du kan kolla hans konto, det är en bild på henne och så står det 'Babe' med ett rött hjärta bredvid.”

Teresia tittade på telefonen med skeptisk min.

”Den här, på busshållplatsen, den är ju ett år gammal?”

Hon tog tillbaka telefonen och granskade datumet, backade bak från bilden och konstaterade att han hade lagt ut fler bilder sen hon nyfiket tittat igenom hans flöde tidigare i juni.

”Jaha, men hon var i alla fall här för typ två veckor sen.”

”Du är snyggare än hans flickvän i alla fall.”

Ett litet men samvetslöst leende sprack upp i ansiktet när hon kom att tänka på den mindre smickrande bilden hon lyckats ta på hans ”Babe” med ett rött emoji-hjärta bredvid, på apoteket.

”Jag vet.”

"Han skulle säkert ligga med dig." Zofia var tydligen fortsatt besluten om att fortsätta på samma spår.

"Jo säkert...", hon tystnade en stund och kisade bort mot bartendern, "men tror ni inte att han har en ganska liten kuk?"

Sällskapets blickar vändes förvånat mot henne för att snabbt skiftas över mot bartendern. Om det fanns något som skulle kunna kategoriseras som ett "förspel till nattens eko", uppstod det exakt i den stunden vid bordet.

Innan den, för andra åhörare, smittande eller irriterande skrattsalvan lyckats matta av kom en yngre manlig servitör fram och frågade nervöst om dryck och mat. Tjejerna hade tidigare skämtat om att det var en yngre klon av bartendern. Förutom att den yngre varianten saknade skäggstubb, var tio cm längre, tanigare och överdrivet ängslig var de väldigt lika varandra.

Hon bad om en syrlig och Instagram-vänlig drink.

Till hennes besvikelse kom klonen tillbaka med ett tråkigt glas med en stjälk mynta i när beställningarna började komma ut från både kök och bar, inte godkänd för fotografering men väldigt god.

Hon visste inte om det var för att hon blivit ganska berusad av all alkohol, den goda maten, eller om det var vädret som lagt en god grund för kvällen men den glädje hon kände inombords hade hon inte känt på ett tag. De fyra tjejer som satt runt henne vid bordet hade lockat fram den hon glömt att hon brukade vara, den glada, trevliga men emellanåt ganska uppblåsta bruden.

Tankeverksamheten avbröts dock när bartendern, med en "Babe" med ett rött emoji-hjärta bredvid helt oannonserat stod vid deras bord.

"Har ni det det bra här, vill ni ha något mer att dricka?"

Utan att tänka på hur obekväm och besvärad han hade fått henne att känna sig under det senaste besöket mötte hon hans blick och log när han tittade över sällskapet och slutligen stannade vid henne med blicken.

"Eh...har ni såna här, öh..." hon kunde för sitt liv inte förmå sig att komma på vad cocktail-körsbären hade för namn och började staka sig, "mash, öh, mask." Efter ordet mask insåg hon att det var dags att ge upp. "Alltså såna här körsbär man har i drinkar?"

Han började skratta hjärtligt. Om det var åt eller med henne reflekterade hon inte över. Det enda hon kunde tänka på var hur hans mjuka skratt och röst tilltalade henne.

"Jag tror du menar Maraschino-körsbär?"

Hon fnissade till och drog med handen genom håret och slog emot hennes solglasögon hon hade glömt satt mitt på huvudet.

"...eh, ja, så kanske dem heter. Kan du snälla göra en drink åt mig med nåt sånt?"

"Jag ser till att fixa en till dig!"

Det fanns inget skäl till att bli generad men hon kände att kinderna började blossa. På samma sätt som sist, men den här gången utan skam när han avslutade konversationen med att blinka åt henne. Dessutom insåg hon att hon hade haft ögonkontakt med honom under hela samtalet, som förvisso varat strax under en halv minut men känts som en evighet.

Hon tyckte inte om ögonkontakt. Ögonen sades vara själens speglar, hon hade dock ingen lust att se sin egen reflektion i någon annans speglar. Den enda hon hade kunnat se i ögonen under en längre tid utan att tappa fotfästet var hennes ex. Om det var på grund av hennes diagnos eller andra outforskade orsaker spelade ingen roll, hon hade svårt för längre ögonkontakter.

"Hörde han att jag skulle ha en till öl, han stirrade ju bara på dig när vi andra beställde?" Johanna stirrade på henne med en irriterad min.

"Men s..."

Teresia avbröt henne tvärt med en upphetsad och glad röst.

"Vi alla som sitter här såg det, han tittade bara på DIG under tiden han stod här. Han flirtar med dig, han BLINKADE ju till och med åt dig, missade du det eller?"

Något barnsligt började bubbla inom henne, något hon inte kunde hejda som resulterade i ett stort flin på hennes läppar. Nya blickar utbyttes vid bordet och vändes mot henne igen.

Johanna avbröt den tysta men fnissiga stämningen som uppstått.

"Exakt...jag vet inte ens om jag får min öl han verkade ju sluta lyssna när du..." den väntade utläggningen hejdades tvärt. Johanna stirrade plötsligt på henne med stora ögon, "Eh, du har nåt mellan tänderna?"

Hela sällskapet vände sig mot henne igen och började skratta.

"Vaddå mellan tänderna?"

"Du har massa skit på tänderna, det kanske var därför han tittade på dig."

I ren frustration över att plötsligt vara kvällens ofrivilliga humoristiska inslag slet hon åt sig närmsta servett på bordet. Febrilt började hon gnugga sina tänder med den, när hon väl satte ner servetten mot bordskanten såg hon hur den beigea servetten färgats grön av all koriander hon hade ätit och kände sig som en idiot- självklart hade han tittat på henne för att hela munnen var full med mat och inget annat.

"...vilken servett har du tagit?"

"Ja den som låg på bordet?"

Irriterat stirrade hon på Johanna som satt och flinade stort i stolen bredvid henne vid bordet.

"Den hade jag ju när jag torkade av min lårsvett mellan benen förut?!"

Ytterligare ett skrattanfall utlöstes vid bordet men den här gången föll hon in och kände hur ögonen blev tårfyllda av det hysteriskt och förlösande skrattet som bubblade ur henne. Dessutom var det extremt larvigt att hon kände någon form av skam över maten mellan tänderna. När han skulle komma ut med hennes drink, skulle hon om möjligt vara ännu snyggare utan koriander mellan tänderna, hon började småle lite för sig själv.

Det fåniga leendet försvann dock snabbt från hennes läppar när hon kom på att han hade en "Babe" med ett rött emoji-hjärta bredvid.

Lika snabb som hon var på att förvandla små saker till stora i hennes huvud, lika snabbt kunde hon vända något fint till något väldigt fult i en handvändning men aldrig tvärtom. Den uppblåsta delen av henne tänkte inte alls uppföra sig och vara sitt bästa jag när han kom tillbaka. Faktum var att hon tänkte läxa upp honom i att det var ytterst respektlöst och olämpligt att flirta med andra när han hade flickvän. När hon sneglade över uteserveringen såg hon att han var på väg tillbaka med en bricka fylld med dryck till deras bord.

Han serverade strategiskt de andra i sällskapet som hade beställt innan han slutligen gick runt bordet och serverade henne.

På samma sätt som sist, på huk och för opassande nära.

"Här är din drink med körsbär du ville ha..."

Han log mot henne, hon tackade honom genom att möta hans blick med en självbelåten överlägsenhet och bländade av sitt mest självgoda leende.

"Tack. Du förresten, jag frågar åt en kompis, är du singel eller?"

Helvetet frös till omedelbar is. Likaså han, mitt i hans rörelse för att resa sig upp samtidigt som han tittade osäkert på henne. En bonuspoäng tagen, om hon fick möjlighet att kalla honom för en "jävla fitta" i hennes utskällning skulle hon dunka in ytterligare fem poäng. Det kunde inte hjälpas, inte för att hon någonsin försökte men ibland var suget att få provocera löjligt starkt.

Hon laddade mentalt upp för hennes utläggning när något oväntat hände. Svaret han gav henne hade inte alls beräknats in och förstörde därmed hela kalkylen för det utspel hon hade laddat upp för.

"Ja, det är jag."

GINGER

DANIEL ADAMS-RAY - LILLA LADY

"Hon vet inte vad hon känner för. Lågan slocknar utan tändstickor. Du är bäst nu
men du var bättre förr. Våra brister gör oss till människor"

Den pinsamma tystnaden som uppstod avbröts när Teresia
upprört utbrast:

"Va fan, så där kan du ju inte fråga!?"

Kvickt och djärvt försökte hon komma på något att svara men
kom inte på något bättre än att upprepa sig själv igen.

"Vaddå...jag frågar ju faktiskt åt en kompis?"

"Det gör du ju inte alls?!"

Han dröjde sig strategiskt kvar i två sekunder innan han
lämnade bordet, inte lång stund men tillräckligt lång för att hon
skulle hinna uppfatta att det osäkra uttrycket som legat i hans
ansikte hade skiftat över till en flin på hans läppar. När han var på
säkert avstånd brast samtliga tjejer ut i skratt.

"Då vet vi vad du gör i sommar..."

"Absolut inte."

"Men varför inte?"

Hon hade inget bra svar att ge. Eller det fanns ett men det var
inget hon ville uttala högt- för att hon hade lovat sig själv att vänta,
om det så skulle bli till hennes död på att hennes ex skulle ta
tillbaka henne. För att slippa påminnas om det förflutna tog hon

demonstrativt upp sin telefon och en stor klunk av hennes körsbärsdrink.

"Jag börjar följa honom på Instagram då..."

Med vana fingrar sökte hon fram honom igen och började kika igenom hans profil men den här gången med nya ögon. Konstaterade att han hade särskrivit på bildtexten till den senast uppladdade selfien som verkade vara tagen utomlands. Han såg bra ut, väldigt bra ut.

I en blomstrande trädgård satt han med en ölflaska i handen. Hon gillade hans klädstil, lite mycket hårvax som gjorde att håret stod upp överdrivet mycket kanske men i övrigt väldigt snygg. Blicken vandrade vidare på bilden och stannade till vid hans bara fötter mot marken. Stora fötter innebar...

"Hallå hör du eller?!"

Förvånad och halvt skrämd släppte hon blicken från skärmen och tittade upp från telefonen och möttes av Teresias frågande ögon på andra sidan bordet.

"Vad är det?"

"Jag vill ha något mer att dricka och nu har du ju lyckats skrämma bort honom från vårt bord?"

Hon tog en ny och större klunk ur hennes cocktailglas och stirrade ner på telefonen igen. Läste ytterligare en särskriven bildtext till en bild på en drink, att han var på gång med att jobba fram en ny drink-lista med endast gin i till restaurangen. Särskrivningarna störde henne.

"Mhm...och han är en jävla tönt om han inte kommer tillbaka..."

”Jag vill ha en Piña Colada...”

”Han sa ju att han inte kunde göra en förut.” En ny och nonchalant klunk togs ur hennes glas.

”Men det är ju sjukt att de inte kan göra en vanlig drink som Piña Colada?!”

Med irriterad min, slet hon återigen ögonen från telefonskärmen och suckade högt.

"Tycker du att det ser ut som vi sitter på en restaurang som använder sig av Malibu i sina drinkar kanske?”

”Kan du snälla gå och beställa en till mig, fast av någon annan?”

En ny suck kom igen men den här lyckades hon hålla inom sig. Hur mycket hon än älskade Teresia kunde hon verkligen gå henne på nerverna och eftersom ingen annan i sällskapet visade några intentioner på att offra sig, reste hon sig och gick fram till servitrisen som stod ett bord längre bort och frågade om det gick att beställa några fler drinkar till bordet.

"Ja självklart men gå in till baren så kommer någon att hjälpa dig därinne.”

Med snabba, smått berusade steg spatserade hon över uteserveringen och in i den tomma restauranglokalen. Alla sällskap var placerade utomhus, något annat hade varit konstigt när det var en så fantastisk sommarkväll.

Sakta blickade hon runt i lokalen medan hon gick fram till baren, det var ett upplyft i jämförelse med den gamla pizzerian som hade huserat där sedan Dackes tid. Inredningen var ljus och skandinavisk med minimalistiska och enkla trämöbler.

Långsamma steg förde henne fram till den tomma baren där hon vant lutade mot bardisken och började rita små cirklar på bänkskivan i marmor med sin fingerspets medan hon inväntade personal, små cirklar som sakta blev till större. Hon tyckte inte om att vänta.

"Hej..."

Den bekanta rösten fick henne att lyfta blicken från bänkskivan och istället stirra på bartendern som kommit in från uteserveringen och nu sakta gick mot henne. Ett kreativt upplopp av svordomar passerade i hennes huvud samtidigt som pulsen steg och handsvetten ökade.

"Eh...du kan verkligen inte göra en Piña Colada?"

Han skrattade till och log.

"Nej, det kan jag faktiskt inte, vi har inte grejerna till det och jag vet faktiskt inte om jag skulle vilja göra en heller om vi hade haft grejer till en Piña Colada."

"Nej jag sa att det inte verkade särskilt rimligt att ni skulle ha Malibu här..."

"Men jag kan göra nåt annat?"

Frågan hade ställts med ett vänligt leende samtidigt som han betraktade henne med en nyfiken och intensiv blick, vilket gjorde henne obekväm. Med flackande blick tittade hon upp mot spritflaskorna som stod uppradade på hyllor bakom baren.

"Eh...en Singapore sling?"

"Nej, sorry..."

Trots att hon var en van drinkbeställare stod det helt still i huvudet, groggarna hon kunde utantill som ett rinnande vattenfall en blöt utekväll 01:30 svepte in träffsäkert och distraherande. White russian, GT, Red Bull vodka, Ragnar, Fishermans och Long Island men inte en enda vettig drink att beställa av honom. I skär panik slog det henne att hon skulle göra sig lite lustig för att inte framstå som korkad inför honom.

"Du kan ju göra en av dina drinkar med bara gin i som du har lagt upp på Instagram?"

I samma sekund som frågan for ur hennes mun insåg hon att hon inte bara hade framställt sig som en jubelidiot på mindre än tre sekunder, utan också en jubelidiot som helt ogenerat erkände att hon stalkat honom på sociala medier. Lyckligtvis började han skratta, på samma hjärtliga sätt som när hon försökte uttala namnet på körsbären hon gillade. Trots hjärtligheten när han skrattade kände hon sig som en idiot när han gjorde det. Hon log lite nervöst och ryckte på axlarna.

Helst av allt ville hon spränga sig själv i luften, för att därefter bränna alla kroppsdelar till ett evigt stoft och tvinga Teresia att äta upp askan för att hon hade hamnat i en pinsam situation på grund av henne.

Det är inte vanligt men det händer i sällsynta fall att något olidligt negativt kan övergå till något fantastiskt och positivt inom loppet av fem sekunder. Hennes genans övergick till huvudstupa-åtrå ögonblicket när han lätt tryckte sin höft i sidledes mot hennes i baren och ställde sig bredvid.

"Vad fin du är. Jag kommer ut med något nytt till er..."

Fylld av ett skratt som vilken sekund som helst skulle detoneras såg hon snabbt till att avrunda.

"Ehokejbraduockså."

Med lugna och sansade steg gick hon långsamt tillbaka till bordet när hon helst av allt ville springa och bröt ut i flera barnsliga fniss när hon talade om för sällskapet vad som precis hade hänt.

Att tänka innan hon talade var inte hennes starka sida, särskilt inte med alkohol cirkulerande i blodomloppet men på något sätt lyckades hon alltid rädda upp sina situationer. Om det var av ren tur eller skicklighet hade hon inte lyckats komma underfund med men hon insåg att just denna gång var det nog enbart tur.

En kort stund hann passera innan han kom ut med två nya drinkar. I vanlig ordning satte han sig på huk och talade om att det var en rabatterad prov-drink. Den här gången var det hon som gav ifrån sig ett hjärtligt skratt innan hon förde glaset till munnen och provsmakade.

Det smakade ingefära.
Väldigt mycket ingefära och smaken av just den örten var något hon äcklades av mer än något annat. Vilken annan kväll hade hon varit ärlig och sagt precis som det var, att den inte föll henne i smaken. Men när hon mötte hans ljusblå ögon som väntade på en reaktion efter att hon hade svalt första klunken blev hon själv förvånad över vad som for ur hennes mun.

"Mmm, är det ingefära...den är verkligen jättegod!"

Han sken upp och log mot henne, berättade lite snabbt vad drinken innehöll innan kilade iväg igen. När han var utom synhåll vände hon sig mot sällskapet och sträckte fram drinken.

"Är det någon som vill ha, den är skitäcklig den smakar bara ingefära och jag hatar det."

Längst in på uteserveringen på den nyöppnade restaurangen i city, där det satt fem tjejer kvällen den 5 juli kunde man höra hur ett hysteriskt skrikskratt plötsligt exploderade från bordet som skulle kunnat eka långt in på natten.

När det väl blev dags att avrunda för kvällen någon timme senare gick de alla in på restaurangen för att betala, av all personal som jobbade var det just bartendern som stod bakom kassan när de kom in.

Hon var först med att betala och räknade upp all mat och dryck hon hade ätit och druckit men när hon skulle slå in totalbeloppet på kortläsaren blev hon konfunderad över det låga beloppet.

Hon förblev dock tyst. Istället ställde hon sig vid sidan av bardisken efter att köpet hade gått igenom och försökte, onyktert, dra en snabb huvudräkning på notan. Någon eller några av hennes drinkar var inte inbongade, dum som hon var hade hon inte bett om kvitto och kunde därmed inte bekräfta hennes misstanke.

När de klev ut från restaurangen greppade en hand plötsligt tag om hennes arm. Till hennes förvåning stod Johanna och flinade glatt mot henne.

"Jag har så wingat dig nu..."

"Vad menar du?"

"När du stod och höll på med din plånbok och pratade med Teresia, frågade din kille mig vad man kunde göra för att roa sig här i stan om kvällarna."

Hon rynkade bekymrat på pannan och tittade fundersamt på hennes vän.

"Jaha?"

"Jag sa att man kunde hänga hemma hos dig!"

Mycket senare hemma i lägenheten igen när hon stod och borstade tänderna i badrummet slog det henne att kvällen hade eskalerat från en vanlig och hederlig after work, till en alldeles säregen men på ett underhållande sätt. Av gammal dålig vana lade hon in en snus under läppen trots att hon nyligen borstat tänderna och la sig i sängen för att kolla sin telefon innan hon skulle sova.

Alla appar i en viss turordning. På Instagram dök bartenderns bild på drinken med endast gin i, upp på displayen direkt.

Smått förbryllad kom hon på att hon inte hade börjat följa hans konto när de alla suttit på restaurangen. Nyfiket scrollade hon igenom hans flöde igen för tredje gången den kvällen och bet sig fundersamt i läppen- *äh hur farligt kan det vara.*

Efter ett snabbt tryck med fingertoppen på skärmen hade den blå knappen på hans profil som tidigare lyst med imperativ "Följ", ändrats om till en vit knapp med presens "Följer". Åtta timmar senare, när hon vaknade för första gången fanns han återigen i hennes händer men den här gången bland hennes följarförfrågningar. Fingret tryckte vant på knappen "Bekräfta". Belåtet låste hon hemskärmen, lade tillbaka telefonen på nattduksbordet igen och vände sig om i sängen för att somna om med ett barnsligt leende på läpparna.

FÖRSENAT TÅG

ANSIKTET - EN ANNAN VÄG HEM

Året hon hade börjat dejta sitt ex fanns det i princip bara ett alternativ för att ta kontakt med någon man eventuellt attraherades av och det var genom att gå fram till vederbörande och försöka inleda en konversation. En konversation som kunde fortsätta och utvecklas till fler fantastiska dialoger eller misslyckas och skifta över till en ensam monolog, kontakten var åtminstone omedelbar och inte en utdragen förhoppning eller ett kanske.

Nu, nio år senare fanns det ett överflöde av kanaler att kunna ta kontakt med inte bara en person, utan alltför många. Hon hade strategiskt valt Instagram eftersom hon tillbringade mest tid på den appen, trots det vägrade hon att gilla eller skriva först till bartendern. Det var inte det att hon var överdrivet konservativ med att att det alltid var en man som skulle betala notan, fria, eller bjuda upp till dans först men rent logiskt var det hans tur att utdela en mängd bekräftelse till henne. Hur det skulle gå till i praktiken hade hon ingen aning om. Parallellt med den funderingen gick tankarna om att hon felade gentemot sig själv och att hon nu hade felat så många gånger på rad att det gick över hennes förstånd.

För att stilla hennes funderingar bestämde hon sig för att ge det en vecka. Hade han inte hört av sig på en vecka skulle hon fortskrida sitt liv utan dåligt samvete.

För att hon inte alls väntade på sitt ex och episoden som utspelats på restaurangen, var och skulle alltid förbli ett underhållande sommarminne. Hon gjorde matlådor, såg på filmer och jobbade som ingenting någonsin hade hänt.

Lördag eftermiddag, två dagar efter semi-äventyret på restaurangen fann hon sig själv i stadsparkens grönområde igen med Johanna och Ida för att se fotbollsmatchen, Sverige skulle spela mot England.

Sällskapet hade tagit plats på en höjd i en backe vilket gjorde att hon fick en fri uppsikt över restaurangens uteservering på håll.

Trots att den huvudsakliga underhållningen var fotbollsmatchen på storbildsskärmen som stod på scenen i mitten av parken, kastade hon emellanåt förstulna blickar mot restaurangen för att se om han jobbade. Vid ett tillfälle flög hennes hjärta upp i halsgropen när hon tyckte sig se honom men insåg sen att det bara var en blek kopia på uteserveringen, den yngre och sämre klonen av honom.

Att han inte jobbade den helgen insåg hon 40 minuter senare när hon via hans story på Instagram såg att han var i Köpenhamn.

Den 7 juli tog Sveriges VM-lycka slut, matchen slutade 0 - 2 till England. En stor men väntad förlust och besvikelse för många i hela landet. Om den besvikelsen fanns, var den inte särskilt märkbar i varken henne eller de två vännerna som efter matchen åkte hem till henne för att laga middag ihop och prova öl ur hennes obscent stora samling av sur-öl. För varje drucken öl lade hon upp en recension på hennes story på Instagram.

När den tredje ölen tagit slut, salongsberusningen hade börjat och en ny recension skulle läggas upp var det något som såg annorlunda ut när hon tryckte in sig på Instagram.

Ikonen för att skicka meddelanden, som 99 av 100 gånger alltid var ett vitt pappersflygplan när hon använde appen, lyste nu blått. Hon tryckte sig in på pappersflygplanet och kunde inte stå emot när det plötsligt kom ett obehärskat skrik ur hennes mun.

"Han har skrivit!" skriket övergick till en normal men exalterad samtalston. "Han skrev för 20 minuter sen! Han har svarat på min story?!" Hennes skrik förenades med hennes vänner som i kör skrek att hon skulle öppna meddelandet.

"Ser bra ut".

Hon tittade förvirrat på meddelandet och därefter hennes vänner som stirrade tillbaka lika förvirrat dem.

"Vaddå 'ser bra ut', vad fan ska jag svara på det?"

"Du kan svara på det där, du är ju bra på att skriva!"

Fingertopparna började snabbt att skriva på ett svar när Ida började skratta och skrika neurotiskt.

"Men nej nej, du kan ju inte svara på en gång!"

"Nähä, när ska jag svara då?"

"Typ en timme, annars fattar han ju att du har väntat på att han ska skriva?"

Hon ville svara att hon faktiskt inte hade väntat men nu när han hade svarat, visste hon inte om det skulle vara en lögn eller om det faktiskt låg en viss sanning bakom i att hon hade väntat.

Begreppet "tid är relativt" är alltför många bekanta med i praktiken. Att tvingas vänta en timme på ett försenat tåg kan kännas som en evighet medan en timme på en fantastisk tillställning kan tyckas svepa förbi likt en otacksam sekund i ens liv. Att hon tvingades vänta innan hon fick svara kändes precis som det försenade tåget som aldrig tycktes komma in på perrongen, även om det slutligen anlände.

Hon svarade kort och sakligt om ölen, Köpenhamn och bad om tips på bra öl. 02:00 när han fortfarande inte hade svarat, gick hon och lade sig och funderade på om hon kanske skulle låtit det försenade tåget passera när det väl anlänt och hoppat på det senare tåget i tidtabellen innan hon hade svarat. 17:50 dagen därpå blev hon dock kvaddad och påkörd av hans svar som slutligen anlänt med flaskpost-gång.

"Har med mig lite roligt hem om du vill dela en flaska nån gång?!"

Hon blev inte påkörd av den indirekta frågan om hon ville träffas, utan av att han hade använt sig av ett frågetecken följt av ett utropstecken i hans fråga. Möjligen reagerade hon lite väl överdrivet för att hon jobbade som lärare och själv var väldigt petig med hur hon formulerade sin egna meningar.

Men det störde henne, trots att hon inte ville att det skulle det, för att han inte skrev lika korrekt som hon själv gjorde. Eller som exet brukat göra, den tiden när han skrev och skickade korta och informativa eller fina och kärleksfulla sms till henne.

Istället för att tvinga sig själv att vänta in ett ytterligare försenat tåg innan hon svarade den här gången, hoppade hon våghalsigt ner på spåret med "fuck this" i huvudet och svarade omedelbart att hon mer än gärna ville ses.

FIKTIVT BRÖLLOP

MASKINEN - STORA TRYGGA VARGEN

Han var inte den snabbaste på att svara när de skrev men han besvarade henne och dem ganska oskyldiga meddelanden de skickade började övergå till att bli ganska flirtiga. Hon skrev att han var intressant och tilltalade henne, han var ny och utbudet av män i stan var ganska mediokert. Endera var de upptagna, hade barn eller var bara helt enkelt dumma i huvudet. Han svarade att hon var en fantastisk skribent och otroligt underhållande. Oskyldigt svarade hon med lägenhetsvisningarna hon skulle på, han berättade att han bodde inneboende i ett hus på söder hos kökschefens frus mamma i stan över sommaren. Kökschefen från Jönköping var en tidigare arbetsgivare han hade arbetat med i hans hemstad.

Mannen i familjen hade en intressant "mancave" i källaren med trumset och tågbana. Nyfiket svarade hon att hon mer än gärna ville kolla in den, inte för att hon var särskilt intresserad av varken tåg eller trummor men hon gillade att snoka hemma hos andra.

De bestämde dock ganska snabbt att de skulle ses hemma hos henne på lördagen när han gick av jobbet, eftersom familjen skulle vara hemma just den kvällen. Meddelandena varierade i textmängd men hon såg alltid fram emot att få läsa hans ord när det lilla pappersflygplanet lyste blått. Det lilla pappersflygplanet innebar alltid att det var han som skrivit igen. Hon reagerade fortfarande på hans felstavningar och särskrivningar men försökte att inte bry sig. För varje gång hon kom på sig själv med att störa sig på det, blev hon också påmind om att vad än hon hade lovat sig själv och sitt samvete, bröt hon sina löften.

En tidig eftermiddag när hon gick av jobbet promenerade hon över till Mikaela. Reklambyrån var nog den enda lokalen i stan som lyckats hålla inomhustemperaturen fortsatt sval när alla andra lokalers luftkonditioneringar sakta men säkert började ge upp i värmen. Det var mer än behagligt att få hänga därinne.

Mikaela stod och jobbade med något i Indesign, det såg ut som en logotyp av nåt slag. De pratade om allmänna saker, livet i det stora hela och det senaste skvallret i stan.

Ett specifikt skvaller krävde ett uppvisande av en bild på Instagram. När hon öppnade appen på skärmen såg hon att det lilla pappersflygplanet återigen lyste blått och öppnade meddelandet direkt. Hon fick smått andnöd när hon läste hans meddelande och greppade hårt om telefonen för att inte tappa den i det hårda och schack-rutiga stengolvet.

Han hade svarat om sina framtidsplaner, att vara på restaurangen augusti ut, åka hemåt upp i landet i några månader för att sedan sälja sin själ till huvudstaden på obestämd tid. Inget att få andnöd över men efter det första meddelandet hade han skickat ett till.

"Gud jag vill prata med dig IRL, vet typ inget om dig förutom att du är jävligt rolig och fantastisk snygg".

Inga stavfel. Inga särskrivningar. Bara ren uppriktighet.

Just det meddelandet gjorde henne fånigt glad och euforisk, upprymd och exalterad att hon nästan kände sig sjukligt berusad av det tillfälliga dopamin-överskott som passerade igenom hennes kropp.

"Hittar du bilden?"

Glädjen stängdes av för ett kort avbrott. Hon tryckte sig ut från meddelandet och visade bilden för Mikaela och de båda började skratta.

"Förresten hade ni det trevligt när ni var ute och käkade förra veckan?" Glädjen som hade stängts av för ett kort avbrott, fick plötsligt en förlängd tid av Mikaelas fråga.

"Ja, det var trevligt. Vi ska dit igen nästa vecka, du kan ju följa med då..." en dålig magkänsla började sakta gro.

"Jag följer med! Deras mat är sjukt god och så kan jag flirta lite med min bartender."

Mikaela tittade på henne med tindrande ögon. Glädjen som hade uppstått över hans meddelande som hon nu dumt höll om i hennes svettiga och krampaktiga händer var helt utplånat. Hon svalde hårt och insåg att hon var tvungen att säga något.

"Vi ska ses i helgen..."

En kort tystnad uppstod. Hon kommer inte att bli arg, hon kommer att bli glad för min skull. Det var ju inte på riktigt när hon talade om att jag inte fick ragga på honom. Tankarna for runt i hennes huvud när hon försiktigt log mot Mikaela som stirrade tillbaks fånigt på henne.

"Vad sa du?"

Hon tog ett nytt andetag och tittade snabbt bort.

"Jag ska träffa honom på lördag."

En ny tystnad uppstod innan vredesmod utbröts och hon var tvungen att möta ett par ilskna ögon.

"Fy fan för dig. Jag har gått och mått så jävla dåligt för jag tycker att han är så fin och så går du och tar honom ifrån mig. Han har ju flickvän men det skiter du i?"

Överrumplad av all ammunition som plötsligt haglade stod hon nu som ett korkat fån och kom inte på något bättre att säga än sanningen.

"Han har ingen flickvän, jag frågade när vi var där."

"Vaddå frågade?"

Hon hade ingen lust att berätta om episoden som utspelats på restaurangen. Eller egentligen ville hon det, men inte för en ilsken åhörare, som i stunden såg henne som en pojkväns-tjuv.

"Ja...alltså jag frågade. Han har ingen."

"Jaha..."

"Men det är ju inget seriöst, han ska dra tillbaka hem efter augusti. Om du vill kan vi ju dela på honom?"

Hela kroppen fylldes av skam och dåligt samvete för att hon hade gjort något väldigt dumt. Hon hade tagit en kille från en av hennes närmsta vänner. Även om situationen aldrig någonsin hade uppstått tidigare visste hon att Mikaela skulle ta det som ytterligare ett svek.

Ett halvår tidigare hade Mikaela fattat tycke för en kille som tyvärr hade fattat tycke för någon annan, som olyckligtvis var hon. Hur mycket hon än hade förklarat att det aldrig skulle bli något mellan henne och honom hade det varit för döva öron.

Mikaela hade fryst ut henne och släppt på deras vänskap för en längre period. Hon visste att det redan hade börjat hända igen när hon stod där som ett fån i det öppna kontorslandskapet.

Skämtsamt började hon prata om att han säkert ville passa på att göra stan innan han åkte och att hon kunde introducera Mikaela för bartendern. Hon lade om sin strategi för att försöka rättfärdiga sig själv men visste att det var till ingen nytta.

Dörren till lokalen öppnades och Mikaelas äldre bror kom in på byrån. Stämningen var minst sagt dålig. Mikaela bröt tystnaden.

"Vet du vad hon ska göra på lördag?"

Brodern tittade förvirrat på henne.

"Hon ska på dejt med M I N bartender."

Broderns blick slog om från förvirring till förakt på mindre än en sekund. När hon såg broderns blick övergick all skam och eventuell överträdelse till irritation. Hade Mikaela gift sig med bartendern, hade hon missat vigseln mellan dem eller hade hon inte blivit bjuden?

Det var ju inte hennes fel att han visade ett genuint intresse tillbaka.

Ilskan började stegra i hennes kropp.

"Det är ju inte så att jag har snott honom?"

Storebrodern tittade på henne och därefter på Mikaela.

"Jag sa ju att du skulle lägga in en stöt. Nu hann hon ju tydligen före...."

Tystnad uppstod i en 50 kvadratmeter stor lokal med tre personer i den.

"Jaja, jag vill inte följa med er nästa vecka och så vill jag inte höra nåt om honom om ni kommer fortsätta ses."

Hon stirrade på Mikaela med stora ögon och kände hur irritationen slog om till sorg. Sorgen över att förlora en vän igen.

"Jag ska nog gå hem nu."

Hon gick bort mot dörren och kände hur två par ilskna ögon stirrade henne i nacken. När dörren slogs igen efter henne och hon gick hem över kullerstenen på Drottninggatan visste hon att de två syskonen stod kvar och talade fruktansvärt illa om henne.

OTURSDAG FÖR EN VIDSKEPLIG

SILVANA IMAM, FILLE DANZA, ERIK LUNDIN - SETT HENNE

"Ibland hon går all-in, mördar din darlin'. Sett henne pank, känna sin hacka, sett henne ballin'
Ibland hon är sorglig, ibland det är soligt.
Ibland hon får nog, skriker ut "Mord!", slag som pistoler"

Fredagen, en dag innan de bestämt sig för att ses hade hon jobbat från lunch och stängde butiken vid 18-tiden. I den extrema sommarhettan cyklade hon hem och önskade att hon hade köpt en fläkt innan krisen på fläktar slagit igenom tillsammans med de ökade skogsbränderna runt om i landet. Löpsedlarna skrek om fortsatt värmerekord och skogsbränder som inte kunde släckas. Hon kunde dock inte fokusera på naturkatastroferna som rådde. Hon klarade knappt av att tänka på vad hon kunde ha på sig längre utan att dö av värmeslag.

Väl hemma slängde hon av sig sin klänning för en iskall dusch men blev ståendes naken i köket en stund för att kolla igenom hennes telefon. Pappersflygplanet lyste återigen blått, hon log och öppnade meddelandet.

Ett meddelande som sköljde över henne likt en kalldusch utan att hon behövde ställa sig i den fysiska och riktiga duschen. Han var hemma från jobbet och hade inget att göra. Den rutinerade delen i henne talade om för henne att svara att det var trist och föreslå saker han kunde göra istället. Men den andra delen, den mindre rutinerade och impulsiva delen skrek och vrålade att hon skulle fråga om de skulle ses redan ikväll. En vit lögn baserad på en kompromiss for ur henne, att hon var hemma hos sin pappa men att de kunde ses och hitta på något när hon skulle därifrån, för att vinna lite tid.

Hon skrev ytterligare ett meddelande där hon poängterade att hon skulle jobba dagen efter och att det därmed inte kunde bli för sent. För första gången sen de hade börjat skriva dröjde inte svaret flera timmar utan kom direkt.

Han ville träffa henne.

Förslaget om några öl på ett berg, en fin utsiktsplats som låg relativt nära hans hus på söder togs emot positivt. Det positiva svaret hade dessutom kommit snabbare än hon hade väntat sig. Hon bad om den exakta adressen till huset och skrev att han kunde smsa henne eftersom hon inte hade på notiser på Instagram för att få snabbare svar. Efter någon minut vibrerade telefonen till och ett meddelande från ett okänt nummer lyste på displayen.

"Rätt?".

Ett självbelåtet flin spred sig över hennes ansikte när hon kvickt knappade in "Ding ding ding jackpot" och lade ner telefonen på köksbordet. Fortfarande helt naken stirrade hon lugnt ut genom köksfönstret i ungefär en halv minut och begrundade hennes impulsiva val, innan den andra kallduschen sköljde över henne. Precis som vilken annan normalstörd tjej i hennes situation hade gjort, vrålade hon, med fyllda lungor rätt ut:

"JAG HAR JU FAN INGET ATT HA PÅ MIG??!!"

Svettig, panikslagen och naken gick hon bärsärk i garderoberna och slet ut alla möjliga kläder hon skulle kunna ha på sig. Större delen av innehållet som förvisso ändå inte var organiserat i garderoben började sakta täcka hela sovrumsgolvet och sängen.

Hon drog på sig en klänning- för fet. Ett par shorts- bristningar på hela låren. En tröja- ingen bra underdel att ha till. En ny klänning- såg ut som en tönt. Klädpaniken var ett faktum och hennes Snapchat gick varm när hon skickade bild efter bild till hennes vänner på vad hon skulle kunna tänkas att ha på sig.

Efter en kvarts letande slutade det i ett par svarta och vida midjehöga byxor, en kortare vit volangtopp och på huvudet en somrig scarf med det mörka håret uppsatt i en slarvig knut. Innan hon skickade iväg smset om att hon var på väg, drog hon fram sin parfym Mojave Ghost från Byredo och sprutade frenetiskt ner hela sig med hennes signaturdoft.

När hon satte sig på sin cykel och började cykla ner mot söder med en filt och några öl i väskan som låg i cykelkorgen slog det henne att det var fredagen den trettonde.

DRAKE

OSKAR LINNROS - 25

*"Nån slängde ut dig som en sommarkatt till slut. Som om det gjordes för din skull
Och du har någon ny att somna bredvid nu. Det är inte lätt att va så ung, nej"*

Cykelturen ner till hans hus på söder tog bara några minuter trots att hon tog en omväg och cyklade långsamt. Utanför huset nedanför garageuppfarten ställde hon sig med cykeln och försökte döda nervositeten som bosatt sig i hennes mage, i form av små vibrerande puppor som endera skulle kläckas eller dö under kvällen.

Med nervösa händer tog hon upp telefonen och skrev att hon stod utanför, med snabba fingrar tillade hon i ett nytt meddelande att hon inte vågade ringa på dörren som en gullig touch. Sanningen var att hon kände sig som en barnslig tonåring som inte tordes ringa på dörren, i händelse av att en vuxen i hushållet skulle öppna. Tanken överrumplade dock känslan när hon kom på att hon faktiskt var vuxen och skulle fylla 30 år i december och att det inte fanns någon som helst gullig touch med en 30-åring som inte vågade ringa på en dörr. Två minuter och ett sekels väntan på ett försenat tåg gick innan det kom ett svar.

"Vart är du, jag ser dig inte?".

Att han inte kunde se henne berodde på att hon stod bakom en hög häck för att maximera insynsskyddet i fall en vuxen, eller mer mogen person än vad hon tydligen var skulle se henne inifrån huset. Ren teoretiskt dock stod hon faktiskt framför huset nedanför garageuppfarten. Ett djupt andetag hann gå innan hon stabilt greppade tag i cykeln med två svettiga händer, gick runt häcken och flinade fånigt.

"Här står jag och gömmer mig" det fåniga flinet slogs om till ett moget leende på mindre en sekund "Hej..."

"Hej..."

Han stod på en trappavsats utanför ytterdörren till huset i ett par svarta byxor och en svart T-shirt och log.

Med bestämda steg gick hon med cykeln uppför garageuppfarten och parkerade den lite nonchalant utanför garageporten, promenerade fram till dörren och lyfte långsamt på armarna för att ge honom en kram.

När han reste på sina för att besvara den såg hon att han hade två svettfläckar under armarna som syntes väl trots att T-shirten var svart. I vanliga fall skulle hon ha börjat skratta men just den kvällen infann sig ett lugn när hon förstod att han var lika nervös som henne. Eftersom hon inte kunde besvara hans synliga nervositet släppte hennes istället omgående. Han tittade nyfiket med vänliga ögon på henne efter den snabba kramen.

"Vill du komma in och titta på mancaven?"

"Är det ingen hemma?"

Nervöst drog han handen genom håret som stod rätt upp, som det alltid verkade göra.

"Nä...."

Utan att tänka, i sedvanlig ordning kom hennes svaret lika säkert och snabbt som "Amen" i kyrkan, "Ja, jag älskar att snoka!"

Han log brett och hon klev in för en snabb husvisit. Det var en enplans-villa med ett markplan och en källare.

I hallen fastnade ögonen på en mindre Fatboy som låg på golvet, hon tittade upp mot honom och nickade mot den lilla säcken.

"Är det där du sover?"

Förvånat tittade han på henne, därefter på säcken och började skratta.

"Nej, det är familjens hund. Det är världens finaste hund."

Hon hatade djur och placerade honom snabbt i ett semi-töntfack. Djur var till för att dödas och ätas, inget annat. Under den lilla rundturen i vardagsrummet pratade de oavbrutet om familjens val av inredning, möblerna såg ut att vara från 70-talet blandat med en del nya designerprylar. Inredningsstilen föll henne inte i smaken men å andra sidan var det ju inte hon som bodde där. Markplanet hade förutom ett gigantiskt vardagsrum, en toalett, dusch, kök och två sovrum.

Han berättade att familjen hyrde ut ett rum nere i källaren till en gymnasieelev som bodde på annan ort men under det rådande sommarlovet var det han som huserade i hennes rum över sommaren. Rummet låg beläget nere i källaren och i takt med varje trappsteg de tog för att komma ner sänktes också temperaturen, något som i den trettio-gradiga värmen var väldigt uppskattat.

Källaren var både stor och sval och hade inte lika många rum som markplanet. I ett av de mindre rummen stod ett trumset och den omtalade tågbanan han hade skrivit om tidigare i veckan.

Intresserat och nyfiket lyfte hon på alla saker som stod både högt och lågt samtidigt som de skämtade och diskuterade huruvida mannen hade hamnat i en ålderskris eller ej med tanke på alla ungdomliga leksaker som stod i rummet.

I det stora allrummet utanför rummet med tågbanan, satt en projektor på väggen med tillhörande surroundljud, framför arrangemanget, två soffor placerade som ett L och trumfkortet av alla möbler- ett biljardbord bakom dem. Även om "man i ålderskris"-prylarna inte imponerade på henne var det en väldigt mysig källare där tiden tyckts stått still med furupaneler till väggar och gamla VHS-filmer i Billy-bokhyllorna från Ikea.

Hon hade ingen lust att tvingas ge sig ut i värmen när det var så pass svaltoch behagligt nere i källaren.

"Kan vi inte vara kvar här istället, eller kommer de hem snart?"

"Nej, de är ute i sin sommarstuga och kommer hem imorgon så om du vill stanna kan vi vara kvar här."

Hon jublade inombords. Dels slapp hon oroa sig över eventuella svettfläckar under sina armar och så älskade hon att spela biljard, inte för att hon var överdrivet bra men det fick henne att tänka tillbaka på stunderna i uppehållsrummet på högstadiet där hon en gång hade lärt sig att spela. De förblev kvar nere i källaren för att dela på några av hennes öl och den flaska han hade fått med sig hem från Köpenhamn. Den smakade inte överdrivet bra men inte heller äckligt. Under tiden de drack, spelade biljard och pratade oupphörligt om allt möjligt spelades musik från hans dator ut i surroundsystemet, hon kände inte igen en enda låt förutom en. Utan att tänka på det, avbröt hon hela biljardspelet och samtalet som pågick med att uttrycka sin glädje över att ha lyckats med att identifiera en låt.

"Jag var på musikquiz när den här låten gick igång och jag skrek rätt ut att det var Hits from the bong, fast det var helt fel låt!"

Med förvånad men road blick utan att säga något betraktade han henne på andra sidan biljardbordet. Även om blicken var road hade hon svårt att läsa av om det var för att kommentaren plötsligt hade kommit från ingenstans, eller om han var road över det faktum att hon lyssnade på musik med låttitlar som Hits from the bong, "Det är Cypress Hill, det är en hiphop-grupp so..."

Han avbröt henne mitt i hennes mening.

"Jag vet, jag lyssnar en hel del på hip-hop."

"Gör du?"

Hon hade inte tagit honom för att vara en hiphop-typ. Han gick runt biljardbordet och försökte leta efter ett bra ställe att sätta sin boll och tittade upp mot henne innan han sköt den vita bollen mot en av sina.

"Vad lyssnar du på för hiphop?"

På identiska sätt som ingen vettig drink hade kommit upp i hennes huvud när han hade frågat om hon ville ha något annat än en Piña Colada, kom hon nu inte på någon vettig hiphop-artist. Istället började 50 cents låt Candy shop spelas upp på repeat i hennes huvud, "I'll take you to the candy shop, boy one taste of what I got. I'll have you spending all you got, keep going til you hit the spot" vilket gjorde henne helt oförmögen att kunna få fram ett vettigt svar.

"Öh...Drake, jag lyssnar på Drake."

"Jag gillar verkligen inte Drake."

En obekväm förnimmelse av något bekant infann sig i kroppen. Hennes ex hade inte heller gillat Drake. Han hade alltid bett henne att stänga av eller dra ner volymen när hon spelade hans låtar av oförklarliga anledningar, hela hans existens verkade ha stört exet.

"Varför gillar du inte Drake?"

"Nä jag vet inte...det är nåt med honom och hans musik, jag gillar honom inte bara."

Hon ville inte känna sig illa till mods men den skrämmande likheten gjorde henne osäker på vad hon gjorde nere i källaren med bartendern. Det kanske var ett tecken på att hon borde gå, gå hem där hon egentligen borde vara och hålla det hon hade lovat sig själv men för att inte förstöra hela kvällen fortsatte hon att prata om musik.

De diskuterade låttitlar och musikgenrer de lyssnade på nu och vad de hade lyssnat på under deras uppväxt medan biljardspelet fortskred. Den lätta berusningen som gick runt i kroppen efter två öl gjorde henne något slö i huvudet men när han berättade om vad han hade lyssnat på för musik på gymnasiet insåg hon snabbt att hon hade varit bra mycket äldre när hon hade lyssnat på samma musik.

"Hur gammal är du egentligen?"

Lutandes mot sitt biljardkö betraktade han henne med ett fånigt ansiktsuttryck innan han ställde en motfråga till svar.

"Hur gammal är du?"

Motfrågan med det fåniga ansiktstrycket smittade av sig till ett osäkert leende i hennes ansikte.

"Jag är...jag fyller 30 i december."

"Jag är typ fem sjättedelar av din ålder..."

Hon räknade tyst för sig själv men gillade inte summan hon kom fram till, räknade om igen och ytterligare en gång till. Summan förblev densamma och hon kände sig en aning besvärad.

"Är du 25?"

"Ja, är det något problem?"

Stum och mållös granskade hon honom i någon sekund, fortfarande med hennes biljardkö i ena handen innan hon ryckte på axlarna. "Nej, du är ju byxmyndig så jag behöver inte oroa mig för att bli anmäld som pedofil."

Ett förnärmat uttryck blev påföljden av hennes kommentar.

"Så stor skillnad är det ju inte?"

"Jo det är det, jag gick på gymnasiet när du gick på mellanstadiet."

Han tittade för hundraelfte gången den kvällen, mycket roat på henne och började skratta.

"Nu får du sluta...det är din tur förresten."

HOMMAGE TILL EN HEMSTAD

JOY - DU ÄR SÅ VACKER OCH SÅ ÄLS

"Är jag en öppen invit till ett sämre liv? Är jag en sån person som tror att jag är fri?
Är mina ögon blå och är jag naiv? Är jag ett offer? (Ja)"

De spelade en match om tre, han vann två och hon till sin stora besvikelse, en. Efter biljardspelet satte de sig i varsin soffa och fortsatte samtala lika intensivt som innan. Skämtsamt började hon analysera över att det enda som fattades i källaren var den erotiska låten Wicked game med Chris Isaak som skulle spelas för att allt skulle kännas som ett dåligt förspel och raggningsförsök. En mindre pinsam tystnad uppstod efter utlåtandet och den nyfikna blicken han gav henne fick henne att känna sig väldigt naken och blottad. Ett yngre barn hade förmodligen reagerat och satt upp sina händer för ansiktet i tron om att existensen kunde upphöra för ett kort ögonblick så länge något blockerade synfältet. Hon drog instinktivt upp sina ben i soffan och satte hakan mot knäna och tittade på honom men vek snabbt av med blicken och började stirra på hans dator som stod soffbordet istället.

"Har du inte hört den låten?"

"Nej jag tror inte det.."

"Du måste lyssna på den, den är...ganska..." hon valde snabbt mellan två ord och såg honom rätt i ögonen, "...porrig."

I sitt stilla sinne sprang hon rätt in i en tegelvägg med huvudet före, gång på gång efter ordvalet. Han lutade sig fram mot datorn som stod på vardagsrumsbordet mellan de två sofforna och sökte efter låten.

När det bekanta gitarrintrot började spelas i surroundsystemet blev hon ännu mer generad av stämningen som uppstod. Inte blev det bättre av att han flyttade över sig, mittemot henne, i samma soffa som hon satt i.

"Jag gillar låten, jag la över den i min spellista."

"Åh...vad bra.."

I vanliga fall hade hon inga problem med att prata om sex men hon fick en genant och häftig tunghäfta när han frågade henne hur hon ställde sig till att ha sex till musik. Med Chris Isaaks Wicked Game i bakgrunden kunde hon inget annat att göra än att börja skratta.

"Nej, helst inte. Det är lite...tacky. Du då?"

Ett vänligt leende mötte hennes blick.

"Nej, inte jag heller."

De fortsatte att prata om allt och inget. Han berättade att han var en utbildad kock i grund och botten och hon att hon hade studerat ekonomi ett år på högskolan men nu jobbade som outbildad lärare. De kom in på hennes stundande 30 årsdag den 11:e december. De konstaterade att de delade födelsedagstal men att hans 11:e skulle infalla i oktober. Vilket hon snabbt och missnöjt yttrade sig över eftersom det i praktiken gjorde att han faktiskt bara var 24 år och inte 25, samtalsämnena tycktes aldrig ta slut innan ett nytt tog vid. Efter barndomsminnen, bra som dåliga och uppväxt slog det henne att hon glömt att fråga om varför han faktiskt var hemma från jobbet.

"Varför är du hemma från jobbet?"

"Jag mådde lite illa och kocken som jag har jobbat med tidigare är väldigt nojig kring magsjuka. Så jag blev hemskickad. Men det blev bättre när jag käkade lite."

Hon höjde på ena ögonbrynet och tittade låtsas-förnärmat på honom. "Så du är alltså hemma för att du kanske var lite hungrig?"

Han skrattade åt henne och började, förmodligen helt omedvetet, bita på hans tumnagel.

"Nej men vi blev drabbade av magsjuka en gång, den sjuka personen kom tillbaka lite väl snabbt, vi blev alla smittade och fick stänga restaurangen några dagar. Men jag blir lite konstig när blodsockret sjunker."

"Yr och så eller?"

"Nej...", ett nervöst leende letade sig fram i hans ansikte, "jag börjar liksom tänka på vad fan gör jag här, är det här mitt liv och så..."

Hon kom inte på något att säga.

Den spontana tanken som dök upp var att han ljög, det var psykiskt omöjligt att få de tankarna av en hungrig mage utan att ha något bakomliggande som kunde trigga igång existens-tankarna. Det visste hon alltför väl av egen erfarenhet, hennes ex hade blivit exakt likadan. Med sammanbitna läpparna studerade honom så länge som hon förmådde innan hon återigen vek av med blicken. Lyckligtvis avbröt han tystnaden med att ta hennes händer i hans.

"Vad står det på dina tatueringar på händerna?"

Hon suckade lite generat och besvärat. Tatueringarna hade hon gjort för fyra år sedan när hon var helt frälst och såg upp till Rebecca och Fiona, det var inget hon ångrade men det var alltid lite invecklat att förklara att det var en låttext som hon hade förknippat med sig själv och fortfarande gjorde.

"Det står 'hopeless girl still walks', det är lite jag i ett nötskal. På min andra hand står det girls med ett dollartecken", hon granskade sin egen hand, "men det syns typ inte."

Han betraktade hennes händer med sina och fortsatte att utforska hennes armar med sina händer.

"Och så har du en galge..." svala manshänder trevade försiktigt över hennes underarm, "och en revolver, hur många tatueringar har du?"

Ett nervös skratt bubblade ur henne innan hon snabbt blickade upp i taket och räknade upp alla tatueringarna. I samma stund som blicken sänktes mot honom ställde hon en motfråga, om inte han var tatuerad.

"Jo."

Nyheten över att han var tatuerad var lika överraskande som att han lyssnade på hiphop.

"Vart då?"

"Jag har en över revbenen, det är en typ hyllning till min hemstad", han såg på henne med en underfundig blick, "vet du hur LA Lakers logga ser ut?"

Hon var tvungen att tänka efter men mindes att det var ett L vars nedre linje övergick till mitten-strecket i bokstaven A.

"Jo...jag vet hur den ser ut!"

"Den ser ut som den. Sen har jag några på låret, bland annat ett varghuvud."

Inombords bröt hon ihop av skratt över att han hade ett varghuvud intatuerat på låret. Det lät fruktansvärt billigt. Samtidigt blev hon påmind om fördomen att folk uppåt i landet kanske var lite mer trash än övrig befolkning i Svealand och neråt.

"Får jag se?" Hon fnissade när hon ställde frågan och förstod att hon kanske var lite mer berusad än vad hon ville erkänna eftersom hon inte kunde hålla masken. Han började skratta åt henne.

"Jag tänker ju inte ta av mig byxorna?"

"Men du kan ju bara dra av dig dem så jag kan få titta på tatueringen..."

Han skrattade och skakade frenetiskt på huvudet.

"Nej det tänker jag inte, jag har lite komplex för mina lår också..."

I samma sekund som han uppriktigt nämnde ordet komplex i anknytning med kropp fick hon ett infall att luta sig fram och kyssa honom för att visa att hon inte alls brydde sig om hans förbannade lår. Men hejdade sig i tanken- det var exakt det hon hade gjort med sitt ex i början av deras förhållande när han berättade om sina komplex han hade. I brist på att kunna känna in och tala om hur fin han var oavsett hur han såg ut, visade hon sin lust för att han kanske skulle förstå att hon älskade honom.

Hon blev besviken på sig själv för att ha dragit paralleller till sitt ex och nu återigen fann sig sitta förvirrad men den här gången verkade inte förvirringen vilja försvinna.

Timmar som upplevts som några otacksamma minuter passerat kunde hon inte längre dra ut på beskedet, hon var tvungen att åka hem för att kliva upp tidigt för att jobba morgonen därpå.

I själva verket var det en ursäkt för de tudelade och starka känslorna som plötsligt uppstått efter hans lår-komplex.

Den del av henne som kände ett stort svek över vad hon hade lovat sig själv och den andra delen som mer än gärna ville stanna och samtala hela natten utan några krav eller förväntningar på vad som sades. Han förstod. Åtminstone den anledning hon uttalade muntligt, de verkliga anledningarna som tyst men aggressivt pågick i en monolog i hennes huvud teg hon om.

Att avsluta möten kan tyckas vara en enkel sak, man tar i hand och säger vänligt hejdå med ett eventuellt på återseende och ungefär så enkelt skulle det bli att avsluta kvällen med honom.

Sammanträdet mellan henne och bartendern var ett möte utan förväntningar och krav men behövde fortfarande få ett avslut eller bli en början på något nytt.

Med skorna på i hallen gav hon honom en hjärtligare kram än den hon gett honom några timmar tidigare, fast besluten om att mötet skulle få ett värdigt avslut, utan ett återseende.

Han besvarade kramen, som olyckligtvis kändes både olustig och otroligt fel i henne. Kanske kände han samma olust och fel som hon gjorde, fortfarande omslingrande i varandras armar möttes deras blickar för ett kort ögonblick.

En kort vers ur bibeln, Korinthierbrevet 13:11 for förbi i hennes huvud likt ett tyst eko, "När jag var barn, talade jag såsom ett barn, mitt sinne var såsom ett barns, jag hade barnsliga tankar; men sedan jag blev *kvinna*, har jag lagt bort vad barnsligt var".

I samma stund kunde all logik plötsligt fara åt helvete. Hennes fuktiga läppar trycktes intensivt mot hans. Hon drog honom närmare sig och stapplade ograciöst över skor och hundkorg bak i hallen för att finna sig upptryckt nån sekund senare mot ytterdörren. Med hennes händer om hans nacke och hans händer greppade hårt kring hennes höfter i ett passionerat kyssande hon ville skulle övergå till något helt annat. Så mycket och gärna att det gjorde ont i hela henne. I ren fysisk desperation tryckte hon sig hårdare mot honom i det intensiva kyssandet och han besvarade handlingen genom att snabbt trycka sig närmare och ännu hårdare mot henne. Den rivande skäggstubben i hans ansikte kändes smärtsamt befriande när den gång på gång mötte hennes hud.

"Jag måste åka hem." Lika snabbt och ogenomtänkt som hon hade påbörjat den intensiva och passionerade stunden, avbröt hon den och kände hur hon hade svårt att få ner pulsen som pulserade och slog högt i hennes öron, "Jag börjar jobba tidigt imorgon..."

Hon tittade försiktigt upp i hans blå ögon. Med starka händer fortfarande greppandes om hennes höfter, stod han och tryckte sin panna mot hennes och nickade försiktigt. Blonda hårslingor hade kilat sig fast mellan deras pannor och kittlade henne.

"Okej..."

"Vi ses imorgon?"

"Ja det gör vi."

Hon klev raskt ut genom ytterdörren utan att vända sig om och kände sig alldeles matt i benen. Framför cykeln på garageuppfarten satte hon sig ner på huk och andades in den någorlunda svala kvällsluften några gånger, trots ny luft visste hon att hon var förlorad sen längesen. Pupporna av nervositet som bosatt sig i magen tidigare under kvällen hade en efter en börjat kläckas till små bevingade liv i henne.

Fnissande klev hon på cykeln och började sakta trampa hemåt. På grusvägen insåg hon att det inte var det mest genomtänkta draget att åka hem på en guppig och stötig väg när hela kroppen var fylld av upphetsning.

DU LUKTAR LITE SOM FÖRSTA GÅNGEN JAG TRÄFFADE DIG

LILLA SÄLLSKAPET - ONSDAG

"Jag skäms när våra blickar möts. Jag tittar ner du är för söt. Får inte vara uppenbar
Får inte verka som om jag vill ha dig nu. Men jag vill ha dig nu."

Dagen efter den surrealistiska dejten jobbade hon hela dagen i butiken, fylld med en mäktig känsla som fick henne att gå med ett fånigt leende på läpparna. De hade smsat lite kort under natten när hon hade kommit hem och bestämt att han skulle komma över till henne vid 20-tiden. För att fördriva tiden åkte hon hem till Johanna efter jobbet för att inte bli galen över den eviga väntan. Allt verkade vara en evig väntan och numer en viss längtan, när det kom till honom, även om det hade varit värt det i slutändan. Vid 19:30 kom smset med frågan om hon var redo för att ses, vilket hon hade varit sen 15:00 när hon slutade jobbet men det var inget han behövde få veta.

Med de nykläckta och små bevingade liven i magen strosade hon hemåt, satte på musik och väntade på att få höra det bekanta ljudet av porten till trapphuset som gick igen och fotsteg i trapporna.

En kort stund efter att hon hade landat i soffan hörde hon det bekanta ljudet av steg i trapphuset som stannade utanför hennes dörr, kort därefter ringde det på. Hon reste sig upp och rätade till hennes kläder, som hon för övrigt inte brytt sig om vad det var idag. Johannas pojkvän hade skeptiskt frågat henne varför hon hade en pyjamas på sig när han hade fått syn på henne, när det i själva verket var ett par randiga och vida silkesbyxor från H&M och en kortare topp från Acne hon bar. Med snabba steg öppnade hon dörren och där stod han, lika fin om inte finare i en vit kortärmad skjorta och ett par svarta byxor med ett leende på läpparna.

"Hej..."

"Hej! Kom in..."

Med snabba steg backade hon bak i hallen och släppte in honom i lägenheten. Han sträckte över en påse till henne och hon tittade förvånat på honom.

"Du glömde kvar några öl hos mig igår."

Det högra ögonbrynet for upp som det alltid gjorde när något inte passade in hennes fyrkant.

"Men de kunde du ju ha behållit?"

"Nä, klart du ska ha dem. Men jag tog med en flaska vin också som vi kunde dela på. Jag har aldrig druckit det tidigare."

Det var något med honom som fick henne att vilja slänga sig i hans famn men hon höll sig. Han såg sig nyfiket omkring i hallen och frågade om han fick ta sig en husesyn. Under tiden han tog sig en titt runt i hennes lägenhet, ställde hon in både vin och öl i kylen.

"Vad fint du bor, väldigt mysigt!" Han hade kommit tillbaka in i köket igen.

"Tycker du? Jag tycker det är lite opersonligt och lite mycket Ikea kanske. Hur bor du?"

"Jag har nog en hel del från loppisar och mycket växter…"

"Jaha, det ser ut som ett museum hemma hos dig alltså."

En förvånade blick mötte hennes innan han började skratta och pekade mot några mindre sherryglas som stod i köket.

"Vaddå, de där har ju du garanterat köpt på loppis?!"

Hon blev imponerad över att han hade ögon för materiella ting, det var sällan killar hade koll på inredning och ännu mindre hade åsikter i den frågan.

"Ja, jag har lite grejer från loppis men inte mycket…" en osäker tanke kring om det var en politisk korrekt sak att säga kom över henne, men hon valde ändå att fortsätta på det ärliga spåret och avsluta sin mening "…jag tycker att det är lite äckligt."

De båda började skratta.

"Vi kan väl sitta ute på balkongen, jag har det så jävla varmt häruppe. Ska vi dela på den där ölen jag skickade förut?"

Tidigare under dagen hade hon skickat en bild på en ölburk som hade köpts in för ett tag sedan som de kunde dela på. I den obscena samling av olika öl hon hade hemma hade just den burken från Beerbliotek det mest besynnerliga namnet *Du luktar lite som första gången jag träffade dig*". Hon tog fram två glas och gick ut på balkongen med honom och den kalla burken. När de hade satt sig på bänken utomhus tog han försiktigt den vita lilla ölburken i sina händer och granskade den.

"Du kommer inte gilla den."

"Hur vet du det?"

"Du gillade ju inte besk öl, det här är en dubbel-IPA, du kommer garanterat inte gilla den."

Hon rynkade på pannan och var lite skeptisk till hans snabba analys på vad hon gillade och inte gillade. Nonchalant hällde hon snabbt upp innehållet i de två glasen som stod på bordet på balkongen.

"Jag har druckit dubbel-IPA förut, det är nog lugnt."

"Jaha men då så."

Hon trodde i alla fall att hon druckit en dubbel-IPA och tog en stor klunk ur glaset. Om hon hade druckit en dubbel-IPA tidigare hade den inte varit i närheten av så besk som ölen hon nu hade i munnen. Desperat försökte hon att hålla tillbaka en grimas utan att lyckas. Ett förnöjt flin mötte hennes panikslagna ögon när hon med ett förvridet ansikte svalde klunken.

"Var den inte god?"

"Det där var det äckligaste jag druckit, jag får hämta en annan, jag kan fan inte dricka det där."

"Jag tyckte den var god och fint namn på den..."

Med raska steg gick hon in i köket och sköljde munnen med vatten. I sitt stilla sinne tänkte hon att det måste vara något allvarligt medfött fel i hans huvud som föredrog en så fruktansvärt besk öl. Halvt stressad över fadäsen ute på balkongen tog hon fram en ny Beerbliotek-öl ur kylen och började hälla upp den i ett nytt glas. Ett tyst och förläget skratt lämnade hennes kropp när hon betraktade burken "A passion for gingers". Den tidigare drinken med ingefära hade fått henne att få kväljningar men favoritölen med smak av ingefära gick tydligen bra. I takt med att ölskummet i glaset sjönk gick hon lugnt tillbaka till vardagsrummet och ut på balkongen igen.

"Vad fin du är."

Hon frös till. Samma fras hade upprepats av honom flertalet gånger under gårdagen och det hade gjort henne generad.

"Öh...tack."

"Om jag var tjej skulle jag med ha såna där byxor på mig jämt."

Ett skratt bubblade ur henne och hon började berätta om den tidigare händelsen att hon hade fått frågan om hon hade en pyjamas på sig.

Likt gårdagen var det inga konstigheter att sitta och samtala om allt och ingenting. Hon berättade om sin hemstad och han om hans. Hon trivdes i hans sällskap, oroväckande bra för att vara andra gången de träffades ensamma. Vid några tillfällen brast de ut i gemensamma skratt över hennes vänner som var väl insatta i att hon var på en date med honom.

En av de satt på restaurangen och var missnöjd över att "pissungen" till bartendern satt på date med henne och därmed inte kunde ordna en drink. En annan, som bodde i huset mittemot skickade en snap och bad henne att svara med en bild på Ica-butiken som låg precis intill hennes lägenhetshus om hon behövde räddas från hennes dejt.

Den ljusa sommarhimlen övergick till skymning och slutade i en halvdunkel juli-natt på den upplysta balkongen, samtalsämnet politik övergick till vänner och familj. Han berättade att han hade en tvillingsyster i Stockholm vilket fick henne att överväldigas av nyfikenhet.

"Är du en tvilling?!"

Ett hjärtligt skratt kom över fascinationen.

"Ja, det är jag..."

"Är ni lika varandra?"

"Nej det skulle jag väl inte påstå, eller menar du utseendemässigt?"

Hon himlade snabbt med ögonen åt honom.

"Ja, jag menar uteseendemässigt, kan jag inte få se henne?"

Ur byxfickan drog han upp sin telefon och tryckte sig in på Instagram, inne på sökfunktionen fick hon syn på sitt eget konto högst upp bland hans mest besökta profiler och började skratta.

"Stalk much?"

Skärmen på telefonen svartnade och rycktes snabbt bort från hennes blickfång.

"Nej...men..."

Hon fortsatte att skratta över upptäckten och såg hur hans kinder började anta samma nyans som en brandbil.

"Du får stalka mig, det är okej."

"Ja men du hade ju stängd profil på Facebook och jag var ju tvungen att kolla upp dig."

"Mhm, har du kollat in mig tillräckligt nu då, eftersom jag är högst upp bland dina mest stalkade konton?"

Med vaket sinne satt hon och betraktade honom bredvid sig på bänken, det hejdlösa skrattet hade övergått till hjärtliga fnissningar när hon lutade sig mot honom och kysste honom lätt på halsen.

Benen på sittbänken darrade en aning när han reste på sig.

"Jag måste bara på toaletten..."

När han kom tillbaka satte han sig tyst på huk framför henne på bänken och iakttog henne. Under kvällen hade hon kommit på honom med att tyst sitta och betrakta henne några gånger, en nervositet spred sig i kroppen och tvingade henne att titta åt ett annat håll. Han måste ha märkt av hennes olust.

"Tycker du inte om när jag tittar på dig?"

Hon ryckte på axlarna och tittade på stearinljuset som stilla brann på bordet ute på balkongen och spelade upp ett vackert skuggspel mot den gula tegelväggen. Långsamt vände hon sin blick mot honom efter en kort stund.

"Nej...jag blir nervös när du tittar på mig, jag tror det är nåt fel på mig." Fnissandes återberättade hon den pinsamma episoden på restaurangen med koriandern mellan tänderna och bröt ut i ett hejdlöst skratt när hon var färdig. Han skrattade med henne och drog undan en hårslinga ur hennes ansiktet på henne.

Kanye West låt Real Friends spelades ut på balkongen från vardagsrummet.

"Jag tittar på dig för du är så fin, jag tror inte du fattar själv hur fin du är."

Efter att ha druckit några öl och delat på flaskan med vin han hade med sig, som för övrigt smakade dill fann hon sig i samma sinnesstämning som när de skulle säga hejdå kvällen innan men hundra gånger starkare. Hon lutade sig fram och kysste honom häftigt och alldeles för länge att det började plåga hennes fysiska anatomi. På samma sätt som han måste lagt märke till att hon blivit besvärad när han tittade på henne måste han ha märkt att det inte längre skulle gå att bara sitta och konversera om triviala samtalsämnen.

”Vill du gå in en stund?”

Den ihärdiga kylan och motvilliga tomheten hon tidigare känt inombords hade kommit till sin ände. En intensiv värmebölja hade fått en ensam knopp att slå i den frusna marken och det fanns inga indikationer på att en köldknäpp skulle kunna slå tillbaka nu.

Hon granskade honom snabbt innan hon kysste honom ytterligare en gång. Sittbänken smällde till i balkongräcket när hon raskt reste på sig och drog med honom in i vardagsrummet.

Därefter bröt både helvete och himmel lös. Kläderna gick inte att få av tillräckligt snabbt i varken vardagsrum eller sovrum, det fanns inte längre tillräckligt med outforskad hud att inte få kyssa och smeka, eller tillräckligt med tid för att kunna hålla sig ifrån varandra längre.

Hennes ben placerades tätt omslingrande kring hans fuktiga kropp när han låg ovanpå henne, hennes händer greppade på tok för hårt och intensivt över hans håriga bröst när hennes varma och svettiga kropp var ovanpå hans.

Ett kort ögonblick i stundens hetta fnissade hon till och viskade att de hade sex till musik när tonerna från Spotify i vardagsrummet nådde in i sovrummet, han hade skrattat till och bestämt men mjukt kysst henne direkt efteråt.

Trots att de låg med varandra på det mest intima sätt två personer fysiskt kunde vara nära varandra, kände hon att det inte var tillräckligt. Hon ville in under hans hud och tränga in sig så djupt att hon kunde greppa tag i hans själsliv.

När han tillslut fick det att svartna för ögonen på henne kände hon i sin vimmelkantiga lust att han hade gjort sitt livs misstag och väckt en hunger i henne som skulle bli svår att mätta.

"När hade du sex senast?"

De låg i sängen och hennes huvud vilade på hans fuktiga bröst efter duschen.

"I maj...du då?"

Hon log inombords över den indirekta upplysningen att han inte hade haft sex med sitt ex när hon hade varit på besök tidigare i juni.

"Januari. 1 januari faktiskt."

"Januari?! Jag fick känslan av, eller...", han tvekade en stund innan han fortsatte, "jag trodde att du var en sexuell person."

Tre välbekanta ord hon hade fått höra så många gånger förr. En sexuell person.

"Jag är en sexuell person men jag behöver ju inte hora runt och ha sex jämt för det."

"Det var inte så jag menade, jag..."

Hon avbröt honom.

"Jag fattar vad du menar. Jag har bara legat med 13, eller ja nu är det ju 14 personer."

Med armbågen stödde han sig upp och tittade förvånat på henne.

"Bara 14?"

Hon flinade upp mot honom när han nu hade satt sig upp lite halvt i sängen.

"Jag horar inte runt. Hur många har du själv legat med?"

"Jag vet inte, jag håller inte räkningen..."

Ett förtjust skratt lockades ur henne och hon blev både exalterad och nyfiken.

"Det gör du ju visst! Du vet ju det exakta antalet men nu skäms du eftersom jag inte hade legat med lika många som du trodde att jag hade gjort." Lite för burdust började hon putta på hans arm och skrattade samtidigt, "Säg! Hur många är det då?"

Han ryckte på axlarna samtidigt som han flinade och la sig ner på rygg igen.

"Jag vet inte!"

"Är det två eller tre-siffrigt?"

"TVÅ!!"

Med provocerande blick sneglade hon upp mot honom igen och flinade.

"Mmm...och 99 består av två siffror också, pissunge."

Han skrattade åt hennes konstaterande. Långsamt drog hon sig upp mot honom och kysste försiktigt hans hals. Samtidigt mumlade hon lite halvt generat ut frågan hon hade velat ställa alltför länge.

"Vill du sova kvar här?"

Svaret blev en motfråga.

"Får jag det?"

I den varma juli-natten sov han kvar i hennes lägenheten. Hon somnade tillfreds som lilla sked med hans armar runt sig och

kände hans andetag i nacken. Hade hon ansträngt sig hade hon med största sannolikhet kunnat känna hans hjärtslag slå mot hennes skulderblad när de somnade tätt ihop under dubbeltäcket trots att det var kokande hett i sovrummet och sängen.

När hon vaknade till låg han fortfarande nära henne men på rygg och andades tungt i sömnen. Varsamt vände hon sig och lade sig tillrätta på sidan, nära hans bröstkorg men inte på för att undvika att väcka honom. Begäret att få ligga nära stillades dock inte.

Försiktigt lade hon sin arm runt honom. I sömnen eller medvetet flyttade han på sin arm och placerade den om hennes som vilade på hans överkropp. Hon somnade om med en märklig känsla av att de måste träffats tidigare i ett parallellt universum.

SEMI-STALKER

Söndag morgon och förmiddag låg de kvar i sängen alltför länge, fortfarande tätt hopslingrande i varandra. Under natten hade de bestämt att han skulle få uppleva allt hennes hemstad hade att erbjuda, i och med det beslutet bestämde de sig för att äta frukost på ett av stadens äldsta konditorier. Det enda som i princip var öppet på söndagar.

Hon hade haft en enorm lust att ha sex med honom igen under morgonen men hade efter noga övervägande tagit beslutet att inte skrämma iväg honom riktigt än. Snabbt och vant drog hon på sig ett par för stora Levis-shorts och ett linne när de väl kom upp ur sängen. Ute i hallen stod han med ryggen mot henne och la ner sin snusdosa i hans lilla svarta axelväska från Nike.

"Alltså vad har du i den där?"

"Kort, nycklar, snus och pomada, jag går inte nånstans utan den."

Hon stirrade förvirrat på honom, gick han omkring med en tomat i sin väska, varför i helvete då?

"Pomada?"

"Ja till mitt hår..."

"Alltså vax?"

"Nja...det är typ som vax, fast..."

I en snabb rörelse drog han upp en stor och smutsig plåtburk ur väskan med en vit gris tecknad på locket. Fumligt tog hon asken i sina händer, öppnade den försiktigt och sneglade ner på ett genomskinligt och geggigt innehåll. Det luktade vanilj, det luktade honom och det var det här kletet som fick hans hår att komiskt stå rätt upp.

"Jaha, du har grisspäck i håret du."

Skrattandes knuffade han till henne lite lätt. Hon tog ut sina nycklar ur nyckelskåpet och höll de framför honom.

"Får mina nycklar plats i din lilla väska också?"

Med lätt hand stoppade han snabbt ner hennes nycklar i väskan innan de började traska ner mot stadens centrum.

Det var en varm dag precis som de tidigare dagarna som hade passerat under sommaren. Klockan hade hunnit bli efter 12, solen stod högt och svett började sakta att bildas till vätskande pärlor längs hennes tinningar trots den minimala mängd kläder hon hade på sig. Han gick skämtsamt in i henne några gånger och hon svarade med att knuffa tillbaka. På håll skulle de nog ha uppfattats som två nykära tonåringar som vandrade över kullerstenarna genom en folktom spökstad en varm sommardag i juli.

Efter en kort promenad till konditoriet beställde de varsin macka med köttbullar på. Hon valde till en smoothie, han en svart kaffe och betalade för de båda trots att hon erbjöd sig att betala för sin egen del. De satte sig utomhus i solen och diskuterade det lilla skvaller som fanns på hans jobb och hans planer för kvällen- den stundande personalfesten för de två restaurangerna krögarna hade runt i krokarna.

Bilar passerade förbi på vägen vid det lilla bord där de satt vid utomhus. Hon skämdes över tanken och det faktum att tanken blev till en handling när hon drog ner sina solglasögonen för att inte bli igenkänd. Ifall någon som absolut inte skulle se henne med någon annan skulle se. Det kanske var en löjlig sak att göra men hon kände att det var nödvändigt.

"Du är ganska liten i maten va?"

Hon tittade på honom genom sina solglasögon och snabbt därefter på mackan som halvt uppäten låg kvar på hennes tallrik när han redan hade ätit upp sin. Hon skämdes lite, med tanke på att det var han som hade betalat.

"Jag tror jag är lite bakis. Men jag har druckit upp min smoothie i alla fall." Rappt tog hon upp det tomma plastglaset och skakade lite lätt på det framför honom. Han log mot henne och lutade sig bak i stolen. Genom solglasögonen tordes hon betrakta honom lite längre än vanligt, han var orimligt snygg i sina gula solglasögon och vita skjorta när han satt i stolen och solen sken på honom.

"Vad kan man mer göra här en söndag?"

"Allt är stängt men vi kan gå till Åhléns. De har en hel del herrkläder från Whyred på rea du kan kolla in."

Att de hade rea på herrkläder på Åhléns visste hon eftersom hon fortfarande kunde finna sig själv bland herrkläder i olika butiker och tänka att hon skulle köpa vissa plagg till sitt ex. Det kändes lite olustigt att presentera idén för honom men han verkade bli glad över förslaget.

Inne i butiken spatserade hon efter honom eftersom hon själv inte skulle ha något. Av gammal vana och via tips från arbetsterapeut visste hon att det inte var nödvändigt att ens titta när hon inget skulle ha. Han stod och fingrade bland några överdelar innan han bestämde sig för några enklare basplagg, när han gick in i provhytten slog hon sig ner på en pall och väntade utanför. Det kändes intimt att få vara med honom och shoppa nya kläder. Intimt och bekvämt, som om de hade gjort det tillsammans tusen gånger tidigare.

Draperiet till provhytten drogs upp och kanske var det en optisk illusion men när han stod framför henne i en vanlig vit T-shirt blev han något utöver det vanliga.

"Köp den." Hon log brett mot honom.

"Tycker du?"

"Ja, du är dum om du inte köper den..."

Dum för att du är så orimligt snygg i den. Hon log men vågade inte lägga till hennes sista tanke i uttalade ord.

"Okej, jag tar den."

Bredvid honom i kassan stod hon i sin egna lilla värld när hon plötsligt fick sig en liten lätt knuff i sidan. Hon vände sig snabbt mot honom och såg att han log mot henne, hon besvarade hans leende men höll sig från att knuffa tillbaka, de var ju faktiskt bland folk.

Halvvägs ut genom butiken stannade han tvärt och började ta på sina fickor.

”Vad är det?”

”Mina solglasögon…jag tror jag glömde kvar dem där inne.”

Med snabba steg gick han tillbaka in i butiken och av ren lathet stod hon kvar och passade på att svara på några sms och snapar när han var borta. När hon tittade upp från telefonen såg hon att han var på väg mot henne igen. Utan några solglasögon.

”De var inte där.”

”Men vaddå inte i provhytten eller kassan heller?”

”Äsch, det spelar ingen roll.”

Hon tittade på honom och därefter in i butiken.

”Men…du kan ju inte gå utan dina solglasögon?”

”Äh, jag kan köpa ett par nya.”

”Men frågade du ingen därinne, de kan ju inte bara ha försvunnit på en minut?” Hon hörde sitt eget tonfall, hon lät precis som en mamma som ifrågasatte sitt barn.

”Det är inte så farligt, jag får väl låna ett par av dig.”

Han ryckte på axlarna och log innan han började gå mot utgången av gallerian. Den spontana tanke som gick i huvudet var att skrika åt honom att vänta medan hon sprang in i butiken för att leta rätt på solglasögonen, som hon skulle gjort åt sitt ex som alltid var oförmögen att fråga personal om hjälp och det alltid slutade med att hon gjorde det åt honom.

Men hon hejdade sig innan orden bildades i hennes mun. Han var inte hennes ex, de var ännu mindre tillsammans och om han nu valde att strunta i sina solglasögon skulle hon respektera det och inte lägga näsan i blöt. Hon började gå och kom ifatt honom ganska snabbt.

"Det var i alla fall fina solglasögon, du var snygg i dem."

"Tack men det var egentligen ett par skitbrillor, jag hade ett par innan som var snyggare."

De började prata om kläder igen, ett stort intresse de tydligen delade och när de överraskat och för snabbt stod utomhus framför porten till hennes trapphus igen, hade hon glömt allt som hade med de försvunna solglasögonen att göra. Istället kände hon en plötslig saknad av honom trots att han fortfarande stod bredvid henne på gatan- hon ville inte att han skulle gå.

"Vad ska jag ha på mig ikväll?"

Hon sket fullständigt i vad han skulle ha på sig, han skulle ju inte träffa henne, vad han än tänkt bära på hans kropp skulle det inte vara för att behaga henne.

"Din nya t-shirt, dina höga byxor och dina sneakers du har nu."

"Tycker du?"

Det högra brynet höjde sig automatiskt.

"Ja?"

Med bestämda men försiktiga händer placerade på hennes höfter tryckte han sig lätt mot henne, hon besvarade hans gest med att försiktigt luta hennes ansikte mot hans bröstkorg. Det mörka bröståret som stack upp ur skjortringningen kittlade mot hennes läppar när hon lätt kysste hans hud. Han fattade försiktigt tag om hennes haka med hans hand och tvingade henne att se honom i ögonen när han lyfte upp hennes ansikte mot sitt.

"Vi hörs sen..."

"Mmm...okej."

De kysstes snabbt utanför hennes port innan han började vandra hemåt till huset på söder. När hon tryckte in portkoden kom hon på att han fortfarande hade hennes nycklar i sin väska.

"Hallå, vänta!"

Han vände sig om och tittade förvånat på henne.

"Mina nycklar..." med ett stort leende gick hon fram den lilla biten han hade hunnit gå och började peta på hans väska, "du har dem i din väska."

Triumferade tänkte hon "fem sekunder till med honom innan han gick", när hon på nytt slog in portkoden med hennes nycklar i handen.

Uppe i lägenhet började hon plocka undan disken och flaskorna från kvällen innan, när hon var klar med den snabba undanplockningen och städandet slängde hon sig i sängen och omfamnade kudden han hade sovit på. Det luktade vanilj från hans hårvax som inte alls längre var vanligt hårvax utan pomada. Hon tog upp telefonen och skickade iväg ett meddelande.

"Min säng luktar du", svaret dröjde en stund men när hon läste hans svar spred sig en nervkittlande belåtenhet i hennes kropp.

"Hela jag luktar du".

Hon somnade till en stund med hans kudde nära sig, när hon vaknade igen insåg hon att hon sovit bort nästan hela eftermiddagen. Hon tog en macka och lade sig i soffan för att se om någon serie på Netflix. Mellan flippandet av serierna tog hon upp telefonen för att kolla hennes sociala medier.

På Instagram lyste det ljusblåa pappersflygplanet bekant igen. Han hade skickat ett filmklipp på sig själv från personalfesten när han satt och drack vin i en lummig trädgård. Hon såg om sekvensen två gånger innan hon lade märke till att han hade skrivit en snirklig text till klippet, "Börjar bli onykter. Du skulle varit här". Hade någon betraktat henne på håll hade de snabbt registrerat att vad än hon än såg eller läste på telefonen gjorde det henne barnsligt glad.

Hon såg om klippet tre gånger innan hon tryckte bort det. Inte för att det var särskilt intressant att se en sekvens i en trädgård om och om igen men han hade blivit obeskrivligt attraherande för henne att hon inte längre kunde se sig mätt på honom och eftersom hon hade svårt för längre ögonkontakter, var sekvensen ett bra komplement. Nyfiket frågade hon hur festen var och om han hade kul men räknade inte med att få fler svar under kvällen.

Några timmar senare när hon fortfarande låg och såg på serier gick hon återigen in på Instagram och såg att han hade svarat för några minuter sen, att festen var avslutad och att de var på väg hem. Klockan var inte mycket och hon svarade med en fundering, varför festen avslutats när klockan bara var efter 23:45.

00:07 kom ett sms på telefonen, "Får jag ringa dig?", utan att ens bemöda sig för att tänka, svarade hon snabbt ja. Kort därefter kom hans inkommande samtal. Han berättade om festen, att han var på väg hem och hade blivit stoppad av polis efter att ha blivit avsläppt i stadsparken, de hade frågat om han bar på narkotika. Hon började skratta åt honom, hon hörde och förstod att han var lätt berusad både på rösten och hur han hoppade mellan hans historier men det gjorde henne absolut ingenting.

"Vart är du nu?"

"Jag sitter i en gunga i en lekpark…"

Hon log när hon i sitt inre såg honom sitta ensam i en gunga nånstans i stan.

"…du får komma hit, om du vill?"

"Får jag det?"

Det var något i hans ständiga sätt att artigt fråga och be om lov som fick honom att framstå som en liten fumlig och osäker tonårspojke, vilket i sig gjorde att hon kände sig fylld av ömhet och försiktighet inför honom.

"Jag vill att du ska komma hit."

Tio minuter senare ringde det på dörren. Han hade på sig sin nya vita T-shirt, de svarta höga byxorna men ett par andra sneakers på fötterna.

"Bytte du skor?"

"Ja…det blev…", sittandes på hennes hallbänk i full sjå med att ta av sig skorna hade han bytt fokus från att knyta upp skorna till att stirra intensivt på henne och svor plötsligt till, "Helvete!"

Hon rynkade på pannan och stirrade förbryllat på honom.

"Vad är det?"

"Du är så jävla fin."

Kinderna började blossa när hon stod i hallen framför honom iförd i endast trosor och linne. Hon vände sig om och började gå in mot sovrummet.

"Du, du är nog lite full"

"Nej det är jag inte, eller jo lite. Men du är fin. Jag kände mig lite som en stalker innan jag gick hit..."

Hon gjorde en tvärvändning bak mot honom i sovrumsöppningen.

"Vad menar du?"

"Jag stod utanför på gatan ganska länge och tittade upp mot ditt sovrum och såg att det lyste och tänkte ja, hon är verkligen hemma, hon är däruppe."

Om hon hade tvekat på att han var onykter, undanröjdes alla tvivel efter hans intermezzo med stalker-redogörelsen. Hon försökte stå emot men kunde inte hejda sig när det okontrollerade skrattet lämnade hennes kropp. Han måste blivit generad av hennes reaktion eftersom han inte svarade. Med ena handen satt han och tog sig nervöst i nacken, hon tittade på honom och bet försiktigt ner sin underläpp och betraktade honom ömt.

"Du...det var jättegulligt sagt."

Inte lång stund efter att han hade kommit innanför dörren fann hon sig i samma men intensivare och bättre deja-vu likt kvällen innan. Trots hans, i hennes huvud ringa ålder, kunde han läsa av och utan tvivel veta vad hon ville ha och mer därtill. Hon utforskade hans kropp med sina händer, läppar och tunga och fann sig bli mer upphetsad för varje upptäckt hon gjorde som han älskade.

Om de hade träffats tidigare i ett parallellt universum kunde ingen svara på men att hon aldrig upplevt det intensiva sex hon hade tillsammans med honom med någon annan, skulle kunna skrivas till historien.

På samma sätt som natten innan låg hon med hennes huvud nära hans nakna bröstkorg efter att hon tagit sig en snabb dusch.

"Du...", han drog sig undan en aning, "du behöver kanske inte ligga så nära min armhåla."

Hon ville säga att hon gillade hans doft oavsett vad han luktade, om det var hans feromoner, svett, pomada eller parfym spelade ingen roll. Men hon visste också hur jobbigt det kunde vara när man väl hade sått ett frö i sitt eget huvud om att man inte luktade särskilt behagligt. Hon flyttade upp hennes huvud och hamnade närmare hans hals istället. Hans närvaro bredvid henne i sängen gjorde henne glad.

"Jag är glad att du kom hit"

"...jag tänkte om jag kanske skulle gå hem."

En känsla av förvirring uppstod.

"Varför då?"

Han låg tyst och vred lite försiktigt på sig.

"...jag vet inte."

Förvirringen övergick till mindre panik.

"Tala om varför du ska gå?"

Uppenbarligen hade han märkt att hon blivit upprörd och försökte kyssa henne men möttes av ett parerande från hans närmande.

”Varför vill du gå?”

Han försökte på nytt att kyssa henne.

”Sluta, du kan inte försöka kyssa mig när du precis har talat om för mig att du vill gå?”

En uppgiven suck gick ur honom innan han la sig ner på rygg.

"Du kanske inte vill ha mig här.”

Hon tystnade när hon hörde hans uppriktiga osäkerhet.

”Men jag sa ju precis att jag var glad öv...”

Han avbröt henne.

”Förlåt, jag vet...det är bara jag som är osäker. Förlåt...”

Försiktigt lade hon sig ovanpå honom med huvudet på hans bröstkorg, hörde hans hjärtslag sakta slå och omfamnade honom med armarna.

”Gå inte.”

Långsamma fingertoppar smekte försiktigt hennes ryggtavla innan han slutligen kysste henne på pannan. Han låg tyst någon sekund till innan hans svar kom.

”Jag ska inte.”

CITALOPRAM TEVA

*"Men även om jag stannar är jag någon annan så hur vi än vrider på det blir det aldrig samma, sak igen
så hur jag än gör kommer något att dö ikväll."*

De fortsatte att höras under de kommande dagarna, hans svar
kom oftast sent om kvällarna, han förklarade att han inte var en
sms-människa men det gjorde henne inget alls. Två dagar efter att
de hade skiljts åt skulle han komma över igen så fort han gick av
sitt pass på jobbet, han förvarnade om att det skulle bli sent men
inte heller det berörde henne.

Närmare 23:00 ringde han på dörren i en mörk men mycket
suspekt och kortärmad skjorta med massa mönster på och en
silverkedja runt halsen. Hon höll sig ifrån att skratta, faktum var
att hon hade börjat bli ganska bra på att hålla sig i hans sällskap.
Inte för att hon inte kunde vara sig själv i hans närhet men hon
kände att det fanns något skört i honom som inte skulle uppskatta
att hon skrattade över vad han hade på sig. Han var inte ful, det
skulle han aldrig kunna bli men det var onekligen en stil hon inte
trodde att han hade.

De satte sig ute på hennes balkong en stund, rekordvärmen hade
fortsatt och skulle fortsätta utan minsta antydan till regn på
väderprognoserna. Han rökte en cigarill och hon satt bredvid
honom och insöp hans doft av pomada i håret. När cigarillen tog

slut gick de in i vardagsrummet och satte sig i hennes soffa. Hon började pratade om hennes dag på jobbet och han om hans innan hon frågade om han ville ha något att dricka.

”Ta något litet, jag kan inte stanna så länge...”

En liten besvikelse spolades över henne likt en jätte-tsunami.

"Varför då?”

”Jag måste ut med familjens hund...”

Om hon inte redan hatade djur till en maximerad gräns, steg hon nu över den gränsen lite till. Hon hatade familjens hund och hoppades att det fyrbenta lilla djuret skulle dö. Hon satt tyst en stund och studerade honom i sin soffa innan hon tog mod till sig och frågade.

"Kan jag inte få följa med dig då?”

"Vill du det?”

"Ja men bara om du vill...”, hon tittade snabbt på honom och harklade sig en aning nervöst, ”jag vill inte att du ska känna att du måste.”

Det var sant, frågan hade suttit långt inom henne, hon kände sig lite osäker och ville inte tränga sig på.

”Du får gärna följa med mig.”

"Okej...jag måste bara byta om först.”

Snabbt drog hon på sig ett par shorts och en beige herrskjorta från jobbet, konstaterade att hon måste gått ner rejält i vikt den senaste månaden eftersom alla shorts plötsligt blivit för stora. Packade ner sitt linsetui i väskan och var redo att gå.

”Får jag verkligen följa med?”

Hon stod i hallen och avvaktade med att ta på sig sina skor.

”Ja, det är klart du får.”

Innan de gick ut genom hennes ytterdörr, öppnade hon snabbt en sur-öl med jordgubbssmak de kunde dela på vägen och bad honom att visa hans väg han brukade gå när han promenerade hem från jobbet. De pratade återigen om hennes hemstad och hans när de vandrade bredvid varandra i den ljumna sommarnatten till huset på söder.

Han påpekade att hon gick för snabbt några gånger under promenaden. Gladeligen hade hon förklarat att hon hatade att gå och föredrog att cykla om hon skulle nånstans för att kunna ta sig fram och till slutdestinationen snabbt. Hon påpekade att han hade tics när han flera gånger rundade henne för att hamna på ”rätt sida” om trottoaren. Retsticka som hon var gick hon runt honom och såg till att han hamnade på fel sida igen. Konsekvensen av handlingen blev att han skrattande knuffade ut henne från trottoaren på den tomma bilvägen bredvid.

Strax utanför huset på söder stannade han till på ett olustigt sätt.

”Fan...jag tror att hon är hemma.”

”Jaha...du behöver alltså inte rasta den där hunden?”

De strosade sakta fram den sista metern till garageuppfarten.

”Jag kan ha tittat fel på datumet...det kanske var imorgon jag behövde rasta honom.”

Den lätta irritationen hon kände fick henne att långsamt skaka på huvudet och höja det högra ögonbrynet. Hon hatade ändå den där hunden.

"Ska vi gå hem igen?"
"Nej. Vi går in."
Hjärtat slog en volt och for upp i halsgropen.
"Men..."
"Kom nu då." Han fattade tag i hennes hand och började gå fram mot huset. De smög in och direkt ner i källaren, i allrummet på nedervåningen vände han sig mot henne några meter utanför hans rum.
"Vänta, jag ska bara städa lite."
Det skulle han inte ha sagt. Nyfikenheten i att se vad det kunde tänkas vara han behövde städa undan i hans tillfälliga pojkrum tog över, hon tog sats för att springa runt honom. Kvickt fick han tag i henne och höll om henne hårt, vilket hon struntade i och försökte med all kraft att komma loss och förbi samtidigt som hon skrattade och fnissade. Skrattandes och hyschandes åt henne brottade han slutligen ner henne på golvet och lade sig grensle över med hans händerna om hennes handleder.
"Fan att du ska vara så jävla nyfiken!"
"Låt mig titta i ditt lilla rum bara så ska jag vara tyst sen." Långsamt släppte han det hårda taget om hennes handleder och satte sig upp.
"Gå in och titta då."
"Tack."
Graciöst reste hon sig upp och tittade ner på honom med retsam blick innan hon öppnade dörren till det lilla rummet i källaren. I hörnet stod en 90-säng. Ett rött nattduksbord bredvid, ett

skrivbord på andra sidan väggen och en fåtölj från Ikea i hörnet mittemot sängen.

"Vad skulle du städa, det är ju inget farligt här inne?"

Han gick fram till sängen och flyttade på kläderna som låg i den till fåtöljen i hörnet.

"Nej jag vet inte...det kanske skulle finnas något."

Med en smått underfundig min studerade han henne ett kort ögonblick innan han vände sig mot sängen igen och började slita upp lakanen.

"Alltså, vad gör du?" Hon stod bakom honom, konfunderad och förvirrad och funderade på vad fan han höll på med.

"Byter lakan...", han drog våldsamt ut täcket ur påslakanet "...du kan ju få sova i rena lakan. Utan snusfläckar."

En morgon hade hon upptäckt en stor brun fläck på hans sida av sängen. Han hade somnat med en snus under läppen och i vanlig ordning, eftersom hon var en naturbegåvning och hade doktorerat i att retas, hade hon plågat honom för den händelsen flertalet gånger efteråt. Upprymd över hans gulliga gest började hon gå runt och titta på sakerna som låg utspridda i rummet.

På skrivbordet låg kontanter, tomma Tonic-flaskor, några kvitton från ICA och en meny från restaurangen han hade varit på i Köpenhamn. I papperskorgen, några tomma chipspåsar och på garderoben hängde en längre skjorta från Weekday. Hon fingrade lite lätt på den och konstaterade att den var i samma svala material som den beigea skjortan hon hade på sig. På ett mindre bord vid dörren stod några flaskor med sprit uppradade. Nyfiket skruvade hon av korken på en flaskorna och luktade.

"Jag köpte den i Italien."

Hon vände sig om och såg att han hade bäddat färdigt, han la sitt huvud på sned och tittade på henne, "Vill du ha en drink?".

Klockan var närmare två men hon skulle inte börja jobba förrän 12 dagen därpå.

"Ja, visst, varför inte."

Med vana händer började han att blanda två drinkar med innehållet i flaskan från Italien vid skrivbordet. I den numer nybäddade sängen satt hon och betraktade honom när han hällde i sprit och därefter Tonic i två glas. Han tog en klunk ur ett och vände sig om mot henne med ett brett leende.

"Det smakar vuxen-Trocadero!"

Munter över hans förtjusning tog hon emot glaset han räckte fram och tog en klunk, det smakade onekligen Trocadero med inslag av sprit. Hon förstod hans jämförelse. Fortfarande nyfiken började hon öppna lådorna på nattduksbordet utan att hitta något intressant.

På andra sidan av rummet slog han ner sig i fåtöljen och började prata om spriten han hade druckit i Italien och restaurangen han hade besökt i Köpenhamn. Hon hörde men lyssnade inte särskilt väl, vad som fascinerade henne var att en vuxen man valt att åka långt hemifrån för att bosätta sig på annan ort i en källare under sommartid och jobba i en stad där han inte kände någon. I förbifarten hade han nämnt att han var fruktansvärt trött på sin hemstad och hon funderade på varför.

Drinken tog slut och i samma stund all hennes energi.

"Kan vi sova nu?"

Han log mot henne från fåtöljen.

"Jo det kan vi."

Med snabba och oförsiktiga fingrar tog hon ur linserna framför spegeln som satt på väggen bredvid skrivbordet och lät kläderna åka av i en hög mitt på golvet, förutom trosorna och ett linne. Hon hade mens och de skulle under inga som helst omständigheter ligga med varandra. Att hon skulle ha mens hade hon vuxet påtalat för honom tidigare i veckan när de till hennes förtjusning hade haft sex på morgonen innan hon åkte till jobbet. Hon hade inte haft mens vid tillfället och det var förvisso på hennes befallning de hade legat med varandra då, även hon visste att hon kunde få lite ont i magen efteråt. Han hade frågat henne om hon var säker och hon hade obestridligen svarat "jag vill ha dig".

Hon lade sig innerst i sängen med den svala källarväggen mot hennes rygg, kort därefter kröp han ner bredvid med ryggen mot henne i den lilla och trånga sängen. Snabbt och vant lade hon sin arm om honom och tryckte försiktigt hennes näsa mot hans nacke och drog in hans doft. Doften av pomada gjorde henne berusad av alla möjliga känslor. Begäret att vilja ha honom spred sig snabbt i hennes kropp. För att inte bli ertappad fokuserade hon på att behålla samma andning. Hennes hand som vilade på hans mage hade dock sakta börjat treva nedåt på hans kropp.

"Vad gör du?" Rösten lät förvånad och upphetsad på samma gång. Hon svalde till hårt, lusten hade övertagit hela hennes kropp.

”Jag vet inte.”

”Du har ju mens?”

”Gå och hämta en handduk...vi, jag måste, vill ligga med dig.”

Han satte sig upp och tittade ner på henne i mörkret. Hon skämdes lite över sin framfusighet.

”Okej.”

Kvickt sprang hon snabbt upp till toaletten på övervåningen och återvände lika snabbt tillbaka till sovrummet där han var i full sjå med att lägga en handduk på sängen. Det kändes som hon inte varit snabb nog att komma tillbaka för att få kyssa och vara så nära honom som det gick, med eller utan någon mens. Hyschandes låg han med henne, allt efter hennes önskan, i den lilla och trånga 90-sängen i källaren. Den tidigare registrerade och eventuella åhöraren i familjen som låg och sov på övervåningen hade trillat ur hennes minne. Efter den korta men intensiva stunden tillsammans låg de bredvid varandra efteråt, svettiga och skrattade dämpat åt situationen som hade uppstått.

Någon minut senare efter några intensiva kyssar klev han upp ur sängen och öppnade ett skåp i sovrummet. Det bekanta ljudet av tabletter som bröts ur en tablettkarta fångade hennes uppmärksamhet. Trots att hon knappt såg något utan varken linser eller glasögon, uppfattade hon ändå silhuetten av hur han svalde ner något med ett glas vatten i mörkret. När han lade sig bredvid igen med ryggtavlan mot henne igen tog nyfikenheten över.

”Vad var det för tabletter du tog?”

”Inga särskilda...” rösten avslöjade att han var road över hennes nyfikenhet.

”Men säg!”

”Nej.”

”Men du vet ju att jag kommer att titta vad det är för nåt i skåpet imorgon!”

”Ja det får du göra.” Rösten lät om möjligt ännu mer road.

”Men då kan du ju säga vad det är på en gång!”

”Jag tänker inte säga nåt för att du är så jävla nyfiken just nu.”

”Men åååååhhhh!!” Hon bet till i hans axel, han vände sig om mot henne och skrattade.

”Aj!”

”Men säg då.”

Två starka armar tvingade upp henne mot hans bröstkorg och höll om henne hårt. Hon låg överraskande nog stilla under en lång stund tills han efter en stund mumlade sömnigt mot hennes huvud.

”Sov nu.”

Trots hennes ihärdiga nyfikenhet somnade hon utmattat på hans bröstkorg och sov till sent på förmiddagen därpå. Hon hade bestämt sig för att ta en taxi till jobbet direkt från huset på söder efter en kopp kaffe. Medan han var på övervåningen och fixade iordning kaffet gick hon nyfiket fram och öppnade skåpet där han under natten stått och brutit tabletter.

En ask Lergigan stod synligt på hyllplanet, han hade berättat för henne att han brukade ta medicin för sömnen när de hade diskuterat medicin och tabletter för några kvällar sedan. Inget nytt under solen, hon tog själv Atarax och Stilnoct för hennes sömn.

Långsamt började hon att stänga igen skåpluckan när hon fick
syn på ett hörn av en annan ask sticka upp ur necessären som stod
på hyllplanet och öppnade skåpet igen. Med nervösa och fumliga
händer tog hon upp kartongen samtidigt som hon lyssnade efter
eventuella steg i trappen. Hon vände runt på kartongen i händerna
för att se namnet på tabletterna.

Citalopram Teva.

Målmedvetet lade hon tillbaka kartongen i hans necessär igen,
stängde skåpet med en viss bestämdhet och började klä på sig.
Analysen över att det fanns något skört i honom hade stämt.

Medicinasken hon för en halv minut sedan haft i sina händer fick
henne att backa tillbaka i livet med 12 år.

Inte lång tid efter att hennes handleder hade läkt ihop hade hon
blivit erbjuden samtalskontakt på BUP och medicinering. Läkarna
hade talat om psykisk ohälsa och depression men av stolthet hade
hon tackat nej till medicinering. Tabletter för att kunna hantera
psykisk ohälsa var djävulens påfund och en julklapp från tomten till
svaga människor, och det sista hon var, var just det.

Påståendet om att det endast var svaga människor som tog
medicin dementerades dock när hennes ex hamnade i samma
mörker som hon en gång befunnit sig i. Den starkaste och mest
älskvärda person hon kände hade börjat äta tabletter. Det var inte
samma tabletter som hon hade fått som förslag från läkarna, utan
helt andra. Tabletterna hon själv blivit erbjuden hade hon nu hittat
igen i ett skåp, i ett hus på söder, men som var tillämnade för
någon helt annan.

Hon hade fastnat för bartendern för att han var jordnära, varm och intelligent, att de hade fantastiskt sex var bara en obeskrivlig och överväldigande bonus. När hon nu förstod att han led i det tysta över något hon själv fått bevittna och uppleva på första parkett vällde känslorna för honom över.

Hon knäppte igen shortsen och mötte sin egen blick i spegelbilden vid skrivbordet. Det fanns inte längre några tvivel på att hon krav och villkorslöst tyckte om honom med hela hjärtat. Med raska steg halvsprang hon uppför trappen för att få krama om och kyssa honom i köket, när hon väl tittade upp efter det sista trappsteget var hon på väg att dundra rätt in i en person iförd i grön morgonrock, som inte var han.

"Hej."

Hon stirrade förvirrat på en mullig och korthårig äldre kvinna som stod framför henne och log vänligt. Hon hade återigen, glömt bort att de inte var ensamma i huset.

"Öh...god. Hej." Skam gick igenom hennes kropp. Kvinnan trodde säkert att hon var ett grogg-luder som hade följt med honom hem efter att restaurangen hade stängt.

"Kaffet blev precis klart." Han höll i två kaffekoppar och log mot henne bakom kvinnan i den gröna morgonrocken. Hon backade bak i trappen och log mot kvinnan och sprang fnissandes ner igen med honom bakom sig.

"Jag hade glömt att vi inte var ensamma..."

"Äh, det är lugnt. Hon är jättesnäll, såg du Konrad förresten?"

Med ställd blick stirrade hon frågande på honom.

”Konrad?”

”Hunden, han var ju däruppe.”

Hon himlade med ögonen när hon slog sig ner i soffan. Hans brinnande entusiasm över hundar var både provocerande och gulligt. Han hade berättat att han brukade rasta grannens hund i hemstaden och töntfaktorn hade blivit ett faktum när de hade gått förbi en hund på stan och han hjärtligt hade brustit ut i ett fascinerat ”åååh”.

”Nä det gjorde jag inte, jag gillar inte djur vet du.”

Hon drack upp halva koppen med kaffe innan hon från sitt hörn i soffan kröp upp mot honom och lade sig på hans bröst, han lade sin arm på henne och strök försiktigt med lätt hand över hennes rygg. En bråkdel i henne ville nämna tabletterna hon upptäckt men en mycket större del av henne, som hon inte var särskilt bekant med talade om för henne att för en gångs skull hålla käften, när tiden var rätt och inne skulle det komma på tal helt naturligt. I tystnad låg hon och lyssnade på hans hjärtslag fram till att hon illa tvunget fick be honom att ringa efter en taxi åt henne.

SOVA SJÄLV

*"Kanske har jag ett skal. Ett hårt oigenomträngligt skalbaggeskal av urvuxna kläder.
Ett litet barn som når till tak... Varför får jag inte på mig dina blåjeans?"*

De fortsatt varma dagarna som passerade i juli fylldes snabbt med jobb, vänner och honom så fort tillfälle gavs. Hon fick en förkärlek att skriva och rita små anagram och skattkartor till honom med små presenter som gömdes runt i lägenheten och även utomhus. Idén tog fart efter att hon hade lämnat en presentpåse till honom när han bedrövat inte kunde åka på sin morfars begravning, ironiskt nog på grund av försenade tåg. På ett vykort hade hon skrivit att det inte ersatte något tåg men kanske kunde få honom på bättre humör genom att få återse något förlorat. I påsen hade hon lagt ner en dosa snus och de gula solglasögon han hade glömt på Åhléns. Hon hade snabbt googlat upp numret till butiken och ringt dit när hon fick nys om att han inte kunde åka på begravningen och frågat om det möjligtvis inte låg ett par gula solglasögon från Vans i kassan, vilket det gjorde.

Barnsligt överlycklig hade hon lämnat över presenten även om han egentligen inte hade brytt sig särskilt mycket om de borttappade solglasögonen. De små presenterna hon gav varierade mellan cigarrer, godis och kläder från jobbet hon lyckades fynda fram som han skulle klä i.

Under en av hans lediga dagar fick de obekymrat för sig att åka bort över dagen och äta middag på annan ort. Doften av hans pomada på det varma tåget hade gjort den tjugo minuter långa tågresan ansträngande. Han hade flinat åt hennes försök att döda lusten som uppstått när hon inte kritiserade mängden av resenärer som satt i samma vagn som de.

På en mysig restaurang som verkade vara den enda som faktiskt var öppen för service på söndagar, konsumerade de en större del alkohol och desto mindre mat.

Eller åtminstone hon, han hade ätit upp sin mat på tallriken när hon, med dåligt samvete inte orkade sin. Efter crème bruléen hade lusten återigen blivit svåruthärdlig och han hade på nytt flinat åt henne när hon förläget berättade att hon längtade hem för att få ha honom för sig själv. Lusten detonerade dock när han efter ett längre toalettbesök kom ut och satte sig bredvid henne igen.

"Jag skulle hälsa från mamma."

Olust hade spridit sig i kroppen tillsammans med en ännu större förvirring.

"Mamma?"

"Hon ringde när jag var på toaletten och jag sa att jag var här med dig, hon frågade vem du var och att jag skulle hälsa."

Han hade berättat att mamman lämnat både honom och tvillingsystern vid trettonårs ålder för att flytta ner till Stockholm och lämpat över ansvaret för barnen till deras pappa.

Bilden hon fått av mamman efter hans personbeskrivning var att hon verkade ganska obekymrad i livet och tog dagen som den kom.

Hon var med största sannolikhet bara en i mängden för mamman. Reflektionen lugnade ner henne något eftersom det inte fanns på någon världskarta, oavsett om jorden var platt eller rund att hon någonsin skulle berätta för sina föräldrar att hon träffade någon, som hon dessutom redan på förhand visste skulle vara en besvikelse för sin egen mamma.

Mycket senare på kvällen, efter att de båda landat i lägenheten efter ytterligare en jobbig tågresa, grenslade hon snabbt och ogenerat honom på vardagsrumsgolvet och fick slutligen det syndiga medikament hon trånat efter i flera timmar.

Utöver dagsutflykten fikade de på några konditorier i staden, han lagade middag (och matlådor) hemma hos henne, de såg på film, serier, hade ohämmat och orimligt mycket sex med varandra och tillbringade flertal nätter ihop både hemma hos henne och huset på söder.

En morgon medan de väntade på att vattnet skulle koka upp till presskaffet, berättade han för henne att han hade stått inne på reklambyrån och pratat med en av Mikaelas anställda när hon kommit in för att bli fotad inför midsommar-reportaget tidigare under sommaren. Hon hade inget minne av att han hade varit där men uppmärksammade att de hade stött på varandra egendomligt många gånger för att det bara skulle kunna kännas som en slump att han nu stod hemma hos henne och bryggde kaffe.

Tanken försvann dock raskt när han direkt efteråt berättade att han fått bilden av att hon var en vegan. Låtsas-förnärmat hade hon måttat ett slag med knuten näve mot honom i köket. Samma eftermiddag senare inne i butiken, hade hon genom de stora glasrutorna sett honom sitta på kafét mitt emot och dricka kaffe. Förtjust hade hon sprungit ut och frågat vad han gjorde.

Med ett stort leende iförd sina gula solglasögon och en kortärmad skjorta han hade fått av henne, svarade han att han satt och tittade på henne. I hans sällskap mådde hon orimligt bra och när de inte sällskapade, räckte tanken på hans existens för att ett intagande lugn skulle spridas i kroppen.

Alla tankar om att inte tillåta sig själv att få gå vidare var som bortblåsta när hon en dag i juli smsade ett grattis till hennes ex och önskade honom en bra födelsedag utan dåligt samvete. En ny relation hade tagit skepnad och en gammal omvärderats.

En bekväm vardag hade uppstått ganska snabbt mellan de båda, en kväll hade han bett henne att plocka bort mörka hårstrån från hans rygg och hon hade, förvisso under extrem panik efteråt, släppt sig för första gången i hans närhet. De vänner som introducerades för honom när de gick ut och åt på hans jobb fattade lika snabbt som hon gjort, tycke för honom.

Det hände några tillfällen att hon satt ensam i baren när han jobbade för att få tillbringa en liten stund med honom. Vid ett av dessa tillfällen när hon trodde att han skulle följa med henne hem efter att de hade stängt igen restaurangen för kvällen, förklarade han uppgivet att han behövde få vara själv. Världen rasade ihop för ett ögonblick men rustades snabbt upp igen när han förklarade att det inte berodde på henne men att han behövde få vara själv, för att han var sån. En sån som behövde få vara själv och ensam emellanåt. Även om hon förstod gjorde det ont att komma till insikt att vad han än kände för olustig känsla i huvudet var det inget han kunde eller ville dela med henne. En vecka senare hände detsamma igen.

Fullt betagna av varandra hade de under en kväll, druckit sur-öl, tittat på film och spelat sällskapsspel till tonerna av Goldlinks låt Herside Story. En låt han av oförklarliga skäl förknippade med henne och hon, hon hade exklusivt reserverat Desire, Under your spell för honom med anledning till hans slående likheter med Ryan Gosling i filmen Drive.

Han hade slagit en spelpjäs ur handen på henne i irritation när hon överlägset vann mot honom i Vildkatten. När de inte hade spelat spel eller såg på filmen hade de i vanlig ordning haft sex, inte bara en utan två gånger inom loppet av 1,5 timme. Det berodde dock inte på överdriven lust, utan av nyfikenheten som uppstått när han berättade att han inte fått särskilt mycket oralsex sen han blev sexuellt aktiv.

Han tillade även ogenerat och ärligt att han aldrig hade haft så bra sex med någon som han hade tillsammans med henne.

Hon hade på sedvanlig maner höjt det högra ögonbrynet och vänt sig mot honom eftersom hon låg på mage i sängen. Inte för att han bekräftade exakt det hon kände själv, utan det andra.

”Menar du att du aldrig har kommit en tjej i munnen?”

”Nej, jag har väl inte varit med tjejer som gillar det och mitt ex gjorde det inte alls för hon var feminist.”

Med öppen mun låg hon och glodde på honom med stora ögon.

"Sa du precis att hon aldrig sög av dig för att hon var feminist?!"

"Ja...eller vaddå?" Osäkert tittade han på henne när hon lade sig på rygg och började skratta.

"Men vad fan har politiska värderingar med sex att göra, du kan ju inte fylla 25 år utan att ha kommit en tjej i munnen!"

Upprört och alldeles för häftigt började hon diskutera feminismens essens, att se kvinnor som individer och inte ett massivt kollektiv. Sexuella begär och preferenser kunde omöjligt kopplas till värdegrundsfrågor på individnivå. Med ett roat ansiktsuttryck hade han studerat henne länge innan han slutligen börjat skratta åt hennes uppriktiga upprördhet. 40 minuter efter samtalet fann han sig dock i sängen med henne igen, fullt upptagen med att få en födelsedagspresent ett kvartal för tidigt.

Vid midnatt satt de i soffan igen, han iförd i underkläder och hennes beiga herrskjorta (han skulle få en egen om några veckor). Hon i den vanliga utstyrseln- linne och trosor. De samtalade om filmer när han plötsligt tystnade och tittade på henne.

"Är det okej om jag sover själv ikväll?"

Ett vemod svepte in över henne. Hon ville omgående och omedelbart svara nej men visste bättre än så när han var en sån. En sån som behövde ensamhet och få vara själv emellanåt, han kunde inte hjälpa det.

"Okej..."

Han tog försiktig hennes ansikte i hans händer och tittade kärleksfullt på henne.

"Är det säkert?"

”Ja…”

Lika trevande och ömt som han hade tagit hennes ansikte i hans händer, föste han ner henne på rygg i soffan och lade sig försiktigt med hans huvud mot hennes bröst. Hon drog in doften från hans hår och strök honom längs ryggen med sina fingertoppar.

”Jag har glömt ta med mig mina tabletter också. Du tittade väl i skåpet…"

Med lätta och mjuka fingrar fortsatte hon att stryka honom över ryggen.

”Mmm…”

”Vet du vad det är för tabletter?”

Hon ville berätta. Berätta om allt hon fick bevittna och uppleva på första parkett för tolv år sedan, hur hon axlat och anspråkslöst burit upp sig själv igenom ångestframkallande mörker och att hon inte längre färgades negativt av personer som led av psykisk ohälsa eller mediciner, men fick inte fram orden. Likt Florence Nightingale skulle hon plåstra om, vaka och försvara honom mot allt mörker som kunde komma. Hon ville tala om för honom att det var okej och tillåtet att falla ihop och gå itu men orden fastnade på tungan och for tillbaka i henne. Allt hon ville uttrycka tycktes vara spårlöst försvunnet.

”Det är typ SSRI-preparat om man är deprimerad.”

”Exakt.”

Hur intima de än hade varit med varandra två gånger tidigare samma dygn låg det något mer intimt i hur han i hennes skjorta låg på henne och talade om hans tabletter.

Hon kände att hon lyckats slå ett minimalt och litet hål i hans mur och nu stod framför det och försökte se igenom det lilla hålrum hon lyckats skapat.

"Hur länge har du ätit dem?"

"Jag började förra året."

Det lilla hål som uppstått i muren hade vidgats en aning. För första gången sprang hon inte in i en vägg, utan genom en dörr. Trots ihåligheten ville hon inte utnyttja hans sårbarhet. En förbipasserande bil utanför balkongen avbröt den stilla tystnaden i vardagsrummet.

"Tycker du att de hjälper dig då?"

"Ja det gör de väl."

"Du vet att tabletterna inte definierar vem du är?"

"Nej jag vet det."

Varma och fuktiga läppar mötte hennes hals i en försiktig kyss innan han lyfte på huvudet och betraktade henne under en ny tystnad. Med vana ögon mötte hon hans blick innan hon efter en kort stund vek av med ett litet leende på läpparna.

"Sluta titta på mig, du vet att jag blir nervös när du gör det."

Augusti

INTE SLUT ÄN

*"I wanna buy you a home. I'll pay your friends if you're feeling alone.
The pain of losing a guy like you. Is a bigger cost than paying your dues."*

De heta sommardagarna och nätterna som tillträtt redan i maj och fortsatt genom hela juni och juli skulle göra det även i augusti. De fortsatte att ses och höras precis som vanligt men när juli slog om till augusti gjorde även hennes känslomässiga anatomi likadant.

När hon inte kunde vara med honom kände hon en stor sorg inombords och när hon väl var med honom kände hon en stor saknad trots att han låg, satt eller stod bredvid henne. Hon började sakta men säkert komma till insikt att deras tid led mot ett slut. Trots att hon försökte att tänka tillbaka på deras tid tillsammans som något fint och underbart gjorde det henne mest olycklig, i förtid. Hon skulle dessutom börja jobba på sitt vanliga jobb igen vilket gjorde att den dygnsrytm de hade blivit lovade och haft tillsammans under sommaren skulle upphöra drastiskt.

Första veckan i augusti hade de bestämt sig för att åka ut till en stor klädoutlet som låg belägen 15 minuter utanför stan för att därefter käka middag tillsammans.

Natten till söndagen när de skulle ses låg hon klarvaken med en dålig magkänsla, något kändes fel men hon kunde för sitt liv inte begripa varför. När tankarna långt efter midnatt fortfarande inte hade släppt gick hon upp och tog en sömntablett för att kunna somna.

Om det var på grund av ett sjätte sinne eller en ren slump som den dåliga magkänslan hade uppenbarat sig skulle förbli olöst men på morgonen hade hon fått ett sms från honom. Han var tvungen att ställa in och åka upp till Stockholm för att ta hand om sin syster som låg på sjukhus, under natten hade pappan hört av sig om att tvillingsystern hamnat på sjukhus.

Han hade tidigare nämnt en oro för sin tvillingsyster och att hon hade haft en dålig relation till mat när hon fått se på bilder på systern och konstaterat att hon var otroligt nätt och väldigt vacker.

I sin vildaste fantasi kunde hon inte ens föreställa sig vad hans tvillingsyster hade lyckats med för bedrifter för att lyckas på hamna på sjukhus. Hon visste bättre än att känna ilska över att ha blivit berövad en dag med honom men hade svårt att kanalisera alla känslor som for i hennes kropp, särskilt besvikelsen.

Det var en känsla som hade varit svår att hantera redan som barn, hon hade blivit väldigt arg när saker inte gick vägen. Ilskan i vuxen ålder övergick dock till extrem sorg och förstorade kärlekskänslor för honom, sorg över att inte få träffa honom, kärleken för att han var en ansvarstagande och omsorgsfull person som åkte för att ta hand om sin syster. De smsade lite smått och alldagligt under förmiddagen, hon åkte och handlade och städade hemma, det kunde ju inte skada att göra lite nytta även om hon var sorgsen.

Efter lunch fortsatte deras smsande men det alldagliga hade övergått till en mer sorgsen konversation om att deras tid började lida mot sitt slut.

Storsint och vuxet skrev hon att det kanske var lika bra att de skulle trappa ner på att ses med tanke på att han snart skulle åka ifrån henne men att han var mer än välkommen att få sova hos henne om han ville, även om hon behövde gå upp tidigt om morgnarna. Svaret dröjde, men tillslut kom fler meddelanden på raken som fick henne att brista ut i gråt i sovrummet. Hur fina meddelandena än var gjorde det fasansfullt ont att läsa dem.

"Jag vill inte att det ska ta slut".

Hon läste om meddelandet flera gånger för sig själv och hörde hur hans röst spelades om och om i huvudet på henne.

"Jag kommer sakna dig"

Hon kände sig sorgsen och uppgiven över hans ord och kunde inget annat göra när infallet kom, än att lägga sig i sängen och sorgset brista ut i tårar igen. Av framtidsoro och sorg över att han bara var henne till låns en kort stund till. Hon skickade iväg ett nytt meddelande om att känslan över att han skulle åka spred sig som en elakartad cancer i hennes kropp.

Framåt kvällen skrev han att inte hade ignorerat hennes meddelande men att hans oförmåga att uttrycka sig i skrift gjorde det omöjligt för honom att svara och att han gärna ville prata mellan fyra ögon med henne.

Lite senare ringde hennes telefon, hans namn med tillhörande bild lyste på hela displayen. Hon svarade omgående och kände ett lugn skingras i kroppen när hon fick höra hans välbekanta röst. Han berättade att han hade hämtat ut sin syster från St. Görans, att de promenerat runt i Stockholm, ätit och nu satt på en liten kvarterskrog i närheten där hon bodde. Högra ögonbrynet for upp på hennes sida om luren när hon frågade om det var så klokt att bjuda tvillingsystern på alkohol, han hade skrattat åt hennes dömande fråga.

De pratade en kort stund till innan de avslutade samtalet med att bestämma att han skulle komma över under morgondagen.

När de hade lagt på fastställde hon att det inte var slut än och att hon skulle njuta av varenda minut och sekund hon fick med honom, fysiskt, på telefon eller i skrift sms.

JÄVLA HORA

"I know it's sad . Sometimes I just lose my head. Boy I'm getting so mad
I know it's sad , sometimes I just lose my head. I know it's sad "

Veckan som kom var det dags för den årliga jippo-vecka i den lilla staden. Varje sommar under vecka 32 blev den annars så folktomma och öde staden ett levande samhälle under en veckas tid med olika aktiviteter som lockade ut lokalinvånarna. Som ung hade hon tyckt att det var den festligaste veckan på hela året och såg alltid till att gå på eller hålla i fester som alltid spårade ur helt.

Ett år hade hennes intensiva festande övergått från att måla med svart målarfärg över brösten på en tjejkompis till att bada naken med en gäng främmande människor på en efterfest. Minnet från den festen hade likt Pavlovs hundar fått henne att känna lite avsmak för sig själv just vecka 32. Två år i rad hade hon nu struntat i de festligheter som staden erbjöd och hade inga som helst intentioner på att bryta den trenden, det fanns absolut ingenting som frestade med att stå i ett iskallt och på tok för litet uppslaget restaurangtält och dansa till något mediokert lokalband som spelade på scenen samtidigt som hon fick öl utspilld över sig.

Hon hade börjat jobba på skolan igen och hamnade snabbt i rutinen att gå upp tidigt om morgnarna men njöt av varenda vaken minut tillsammans med honom när han kom till henne sent efter jobbet. I kalendern hade hon skrivit upp hans sista kväll i stan med ett rött hjärta efter men undvek att bläddra fram till den sidan när hon fortfarande fick vara kvar i vecka 32.

Veckan passerade förbi som vilken annan vecka med jobb och de hade bestämt sig för att ses under helgen. Han frågade om hon inte skulle ut, hon hade skrattat och skakat frenetiskt på huvudet.

"Det där har jag redan gjort för många gånger."

Han skickade en filmsekvens till hennes ljusblåa lilla pappersflygplan när han stod ensam i öltältet en kväll mitt i veckan. Hon hade beundransvärt funderat på hur han på egen hand kunde gå ut ensam. Särskilt i en stad där han inte kände någon, han svarade alltid samma sak- att han njöt av friheten. Hon förstod aldrig innebörden av hans frihet men ifrågasatte aldrig utan fortsatte att vara imponerad.

De skulle ses på söndagen, den enda lediga dag han hade under veckan. Efter att själv ha jobbat intensivt hela veckan, låg hon och såg på film under lördagen och struntade helt i festligheterna som pågick nere på stan och som eventuellt skulle fortsätta utanför hennes öppna sovrumsfönster senare på natten. Regn bröt ut strax vid midnatt och fyllde sovrummet med doften av sommarregn, en doft som i sin tur fyllde henne med behag och hon gonade sig ner extra mycket under täcket samtidigt som filmen fortsatte att spela på datorn.

När eftertexterna började rulla hade hon redan somnat till regnet som lugnt slog mot fönsterrutan.

Hon väcktes upp ur sömnen av att telefonen vibrerade bredvid henne på nattduksbordet. Hans namn och bild lyste upp hela rummet från displayen. Sömndrucket svarade hon med ett kärleksfullt hej.

"Låg du och sov?"

Hon log när hon hörde att han var berusad.

"Nej... eller jo lite kanske."

"Vi gick till det där öltältet efter jobbet."

"Mhm..." Hon inväntade hans förtjusning över det magiska tältet på torget.

"Det var inte så kul faktiskt. Det var bättre i tisdags."

Även om han inte kunde se henne när hon låg i sängen skakade hon lätt på huvudet.

"Men lilla vän det hade jag kunnat tala om för dig så hade du sluppit gå dit."

"Äh, men nu har jag provat i alla fall."

Kort därefter svor han över hur han hade lagt ner en öppnad öl i sin väska och att den nu var dyngsur, sakta men säkert gick det upp för henne hur onykter han faktiskt var.

"Hur tänkte du när du lade ner en öppnad öl i väskan?"

"Men jag vet inte...det är blött i hela väskan nu."

Onykterheten i honom gjorde henne väldigt fnittrig. Ifrån hennes säng följde hon med på hans äventyr över telefonen och köpte en kebabrulle och åt den tillsammans med honom i en port medan regnet öste ner.

Förtjust frågade hon om han ville komma över men fick svaret att han behövde rasta familjens hund- återigen död åt den där jävla hunden. Han berättade om skvaller från kvällen som rörde hans kollegor och hon låg tvärs över sängen på mage och lyssnade intresserat.

Trots att de inte delade samma arbetsplats var hon orimligt insatt i alla hans kollegor eftersom det pågått en hel del intriger på restaurangen över sommaren. Samtalet fortsatte hela vägen hem till huset på söder. När han hade borstat tänderna och tagit ner ett glas vatten i källaren tystnade han abrupt på andra sidan luren och tog några andetag innan han sa något igen.

"Oj..."

I och med att han var onykter tänkte hon att det inte kunde vara något farligt som pågick samtidigt hemma hos honom.

"Vad är det?" Hon förstod att det var något som pågick samtidigt på hans telefon.

"Jag tror att Astrid har misstolkat mig lite."

Ett sting av svartsjuka väcktes i henne.

"Vad menar du?"

Långsamma andetag hördes på andra sidan luren, hon misstänkte att han läste om meddelandet på hans telefon.

"Nej...hon har skrivit lite konstigt bara."

"Kommer jag bli sur över vad hon har skrivit?"

"Jag...", konstpaus, "...jo, det kommer du."

En irritation väcktes till liv men hon försökte att hålla sig lugn och stadig på rösten.

"Vad har hon skrivit då?"

"Om jag vill komma hem till henne och sova...", ytterligare konstpaus, "...och ta en lång sovmorgon och äta frukost ihop imorgon."

Hon satte sig klarvaket upp i sängen fylld med sjudande svartsjuka och tänkte tyst för sig själv, "jävla hora". Astrid var en av servitriserna på restaurangen. Under sommaren hade hon inlett något dramatiserat kärleksförhållande med en av kockarna Charlie på krögarens andra restaurang, kocken var dessutom en av hans bästa vänner från norr. Astrid, var dock lika insatt i att bartendern på hennes jobb hade inlett något liknande med någon han också, vilket var henne.

"Ska du svara på det?"

"Nej."

"Varför inte?" Hon lät surare än vad hon ville.

"För att det inte finns något jag ska svara på."

Luften hade gått ur henne och hon visste inte vad hon skulle svara. Hon ville inte vara arg på honom, det var henne, Astrid hon var arg på men eftersom inte Astrid fanns tillgänglig för att få sig en verbal omgång fick irritationen och ilskan gå ut över honom.

"Hur är det?" Hans röst lät plötsligt väldigt nykter och tillgiven. Trots att hon var ilsken och svartsjuk kunde hon inte hjälpa att tycka lite synd om honom, som tvingades stå ut med hennes svartsjuka när han faktiskt inte hade gjort något fel. Det var hon. Jävla. Astrid.

"Jag blev bara lite trött..."

Han lät något osäker men kärleksfull på andra sidan telefonen.

"Vill du sova?"

"Mmm...förlåt..men jag blev jättetrött." Hennes förlåt var dock för att hon tog ut sin svartsjuka på honom.

"Okej...vi hörs imorgon?"

"Ja...sov gott..."

"Sov gott."

När de hade lagt på började hon dock fundera över varför han hade nämnt smset för henne om han nu visste att hon skulle bli svartsjuk och sur. Hon låg vaken någon timme till innan hon kunde somna om, irriterad på honom och rasande på Astrid.

Senare under eftermiddagen kom han över med två ICA-påsar fyllda med mat, hon hade varit sugen på kyckling och eftersom han var fantastisk på hantverket föll lotten i vanlig ordning på honom att laga middagen. Han klev in utan att omfamna henne och hon gjorde ingen ansträngning för att omfamna honom. Stämningen var något tryckt i köket. En vilja att få krama om honom och glömma hela nattens samtal, åtminstone den förbannade delen om Astrid häckade starkt i hennes kropp men hon förmådde sig inte.

Att vara långsint var inte hennes grej men tanken på att han kanske, medvetet försökt och lyckats göra henne svartsjuk under natten vägde över.

När han stod vid diskbänken och började förbereda maten satte hon sig vid köksbordet med ett glas vin. Ett formellt och stelt samtal om maten och vinet han hade tagit med sig pågick samtidigt som hon försökte tänka ut hur hon skulle få hålla om honom utan att det skulle kännas extremt onaturligt för henne.

Det formella samtalet om mat övergick på ett märkligt sätt in på deras ex, vilket inte gjorde sinnesstämningen inom henne bättre. Inte för att de inte hade talat om sina ex tidigare, hon hade nämnt för honom att hon hade stött på honom med sitt ex på apoteket tidigare under sommaren och roat visat honom den sparade snapen hon hade tagit på dem. Han hade skrattat och påpekat att det inte var den mest smickrande bilden han sett på exet.

Han i sig var medveten om att han både hade träffat och serverat hennes ex på restaurangen vid några tillfällen under sommaren. Möjligen för att göra henne lugn och glad, talade han om för henne att han inte förstod varför man skulle behålla kontakten med sina ex när det väl tog slut i ett förhållande.

"Det är inte så att jag skulle träffa Ellen på en middag, eller en fest... vi har inga gemensamma vänner som vi hänger med ihop. Jag har inget behov av att träffa henne."

Om det var för att lugna henne fick det en totalt motsatt effekt. Hon funderade på om han var extremt bakfull eller bara trög men höll tillbaka impulsen att fräsa åt honom

"Vad gjorde din jävla Ellen, Babe med ett rött emoji-hjärta bredvid här för bara en månad sen då om du inte har något behov av att träffa henne?". I brist på något vettigt att säga, drog hon till sig vinflaskan på bordet och började pilla på etiketten innan hon efter en kort tystnad svarade.

"Nej...jag skulle väl inte träffa Christoffer någonstans heller. Men jag önskar att vi hade kunnat vara vänner. Vart tar all den där kärleken man hade mellan sig vägen när det tar slut liksom?"

Han vände sig från spisen med en stektång i handen och betraktade henne nyfiket.

"Ångrar du att du gjorde slut?"

Hon bet på sin underläpp och fortsatte att pilla på etiketten.

"Nej...inte nu men jag kanske gjorde det innan. Gör du?"

"Nej. Men det var ju inte kul, det var jag som tog upp det, vi hade inte haft sex på länge...det var som om vi var två vänner som var tillsammans."

Hon stirrade på hans ryggtavla, han hade vänt sig om igen och fortsatt jobbet med att steka kycklingen. Frank Sinatras låt Somethin stupid spelades ur en liten högtalare från köksbänken.

"Du måste verkligen köpa en ny stekpanna, du vet om att det finns billiga på Ikea va?"

Han hade tidigare klagat på hennes köksredskap när han hade lagat spagetti med köttfärssås hemma hos henne.

"Jag köper hellre kläder."

"Ja, det är ju smart när du knappt får plats med det du har i dina garderober?"

Hon började fnissa åt den dräpande kommentaren han precis fällt och reste sig för att sätta sig på köksbänken bakom spisen där han stod istället.

Han hade bytt om från den svarta polotröjan han hade kommit i till en svart T-shirt han hade lämnat hos henne några dagar tidigare. Hon lade märke till ett stort hål och petade försiktigt in pekfingret i hålet och drog med nageln mot hans hud.

”Vad har du gjort här?”

Han tittade på henne och därefter på hålet i tröjan.

”Oj! Jag vet inte...jag visste inte ens om att det var ett hål där.”

Graciöst hoppade hon upp på köksbänken och tog en stor klunk av rödvinet, trots stekoset kände hon doften av hans pomada när han stod framför henne och tillagade det sista av kycklingen. När han slutligen körde in spetskålen i ugnen och vände sig mot henne, tittade hon på honom med finurlig blick. Glaset med vin hade fått henne att bli ganska berusad eftersom hon inte hade ätit något på hela dagen.

"Vill du gå på skattjakt?"

I lägenheten låg det små presenter gömda. Hon hade tecknat en serie till honom över deras sommar med tillhörande fråga om hon fick komma och hälsa på honom i norr när han hade flyttat tillbaka hem. Medan han låg på golvet och läste serien låg hon i soffan och tittade kärleksfullt på honom samtidigt som hon tackade gudarna över att ett glas vin fått henne att kliva av hennes höga hästar. Han satte sig upp och tittade tillbaka på henne med samma kärleksfulla blick.

”Fina du...du borde verkligen bli serietecknare och du får komma till mig när du vill.”

Hon flyttade sig ner på golvet och satte sig grensle över honom och kysste honom länge och passionerat. Hon sket fullständigt i den där jävla Astrid och Ellen.

MARASCHINO CHERRIES

Sista kvällen i stan hade han lovat att gå av jobbet tidigare för att kunna tillbringa en sista kväll och natt med henne innan han tidigt morgonen därpå skulle ta tåget ner till Smögen för att vara med på hans morfars urnsättning. Ångesten i henne var ett faktum, hur mycket hon än försökte att döva den med vin när hon väntade på honom ville den inte försvinna. Hon ville inte att han skulle åka ifrån henne och trots att han fortfarande var kvar saknade hon honom redan så oerhört och innerligt att det gjorde ont i hela henne. Vid 22:00 kom smset om att han var fast på jobbet, kollegorna hade ordnat med en överraskningsmiddag för att tacka av honom.

Hon ville inte börja gråta över hur jävla orättvist livet plötsligt kändes men uppfattade väl hur det brände i ögonen när hon svarade att han skulle njuta av sina kollegors uppvaktning. Vid midnatt när han fortfarande inte hade hört av sig eller dykt upp, skickade hon iväg ett sms om att hon skulle gå och lägga sig men hade ställt upp dörren åt honom, trots det kunde hon inte somna.

För att dämpa ångesten tog hon två stycken Stesolid- tabletter hon hade fått utskrivet för fyra år sedan mot panikångest som verkade muskelavslappnande. När klockan blev närmare 00:40 ringde hon upp honom något påverkad av tabletterna.

"Hej, vart är du?"

"Förlåt, jag hamnade i telefon, min bästa vän har blivit pappa."

Tabletterna hade gjort henne något slö i huvudet.

"Grattis, vad roligt. Ikväll?"

Han samtalade om bebislyckan och att han var på väg och att han hade tänkt beställa en taxi.

Smått matt, önskade hon honom lycka till eftersom det rådde taxi-brist för tillfället och framförallt om nätterna. Han lovade att snabba sig på. Dåsig av tabletterna somnade hon relativt snabbt efter att de lagt på. Hon blev dock uppväckt igen, inte lång stund efter att hon hade somnat av att han hårt och framfusigt kysste henne över hals, ansikte och hår. Sömndrucket började hon famla och treva över hans kropp med hennes händer.

"Hej..."

Fortsatt klumpigt kysste han henne överallt och luktade starkt av alkohol ur munnen.

"Hej. Förlåt jag är lite full. Förlåt att jag är så jävla sen...det fanns ingen taxi."

"Det gör inget."

Fumligt fattade hon tag i hans ansikte med sina händer och kysste honom, han var varm och kläderna fuktiga av svett.

"Jag har så jävla mycket packning med mig och är arg."

"Varför är du arg?"

"Jag har med mig en present till dig och en av grejerna gick sönder, för att påsen", han satte sig upp på sängkanten och drog med handen genom håret, "...ja den gick sönder."

Långsamt satte hon sig upp bredvid honom.

"Det gör inget. Du hade inte behövt ge mig något."

"Jo, det behöver jag."

Hon böjde sig fram mot nattduksbordet på hans sida om sängen och gav honom en liten lapp med en teckning på och log mot honom i mörkret.

"En sista skattkarta."

På en lapp hade hon ritat ledtrådar till var nästa lapp låg, presenten hade hon strategiskt placerat under täcket i sängen när han gick runt och letade efter ledtrådar. När han väl hittade presenten sken han upp som en sol, det var en finare cigarrlåda fylld med cigarrer, cigariller, godis och snus. Allt det goda i hans liv, minus en flaska Bourbon.

"...jag har ingen skattkarta till dig." Han tittade skamset på henne.

"Du behöver inte ge mig någon karta eller present."

Kvickt reste han på sig för att hämta något i hallen.

"Jo det behöver jag." Han höll fram samma present-påse han hade fått sina gula solglasögon i av henne men med ett trasigt handtag och en reva på ena sidan på den och satte sig i sängen igen. "Det var en till flaska i...med Gin men jag fastnade och ja, den gick sönder."

Nyfiket plockade hon upp innehållet, en brun glasflaska och en glasburk med en gul etikett på.

"Vad är det för något?"

Den bruna flaskan vilade tungt i hennes händer.

"Det är min Limoncello..."

Hon förstod precis varför han hade gett henne en flaska Limoncello och den tilltänkta flaskan med Gin som nu låg sönderslagen någonstans på stadens asfalterade gator. Under sommaren när hon inte helt oväntat hade hängt på restaurangen med hennes vänner hade han vid ett tillfälle gjort en drink till henne med just de ingredienserna i.

Hon hade blivit barnsligt förtjust i den och även hennes vänner som hade smakat och beställt in egna. När Johanna skulle betala för notan hade hon inte vetat namnet på drinken och talat om att hon hade druckit "Lisas drink". Han hade svarat att den hädanefter kunde få heta det.

"Vad är det här?"

Den bruna glasflaskan i hennes högra hand hade bytts ut mot den lilla glasburken med en gul etikett. Hon kisade och försökte sitt bästa, i mörkret, att se innehållet i burken. På den gula etiketten stod det Luxardo Maraschino Cherries.

"Dina körsbär..."

Hon mindes tillbaka på den första drinken han hade gjort till henne med körsbär i, vars namn hon inte kunde uttala då, kvällen hon hade frågat åt en kompis. Maraschino Cherries.

Körsbärs-drinkarna hade blivit bra många fler under sommaren, gärna med ogenerat många körsbär på drinkpinnen som serverades i. Försiktigt lade hon ner presenterna på golvet och satte sig grensle över honom i sängen och började kyssa honom samtidigt som hon vant drog av sig linnet och honom över sig.

Ingen av de tycktes kunna komma till ro och somna under natten. När hon låg nära och omslingrad kring hans kropp med ben och armar hade det börjat ljusna utomhus.

Om några timmar skulle allt vara slut och han vara på väg till en ny destination långt bort. Andetagen per minut ökade och när tårarna började bränna bakom ögonlocken ökade trycket i de späda armarna som omfamnade honom. Hon tryckte in ansiktet hårt mot hans håriga bröst.

”Jag vill inte att du ska åka.”

Händerna som vilade på henne stelnade till och greppade tag om hennes rygg.

”Jag vill inte åka...”

Hon brast ut i gråt och kände hur allt det fina hon hade fått uppleva tillsammans med honom endast försatte henne i plågsam smärta och vägrade försvinna hur mycket hon än grät.

"Du är så jävla dum.” Snyftande, fortsatte hon att trycka sig hårdare mot honom samtidigt som hon kände hur hans händer, nu nästan smärtsamt greppade om henne rygg alldeles för hårt, ”Du kan inte åka nu, inte när jag blivit så jävla kär i dig.”

Han låg tyst, oförmögen att säga något. Smekte henne över håret och ryggen med sina händer och kysste henne på pannan.

”Du...”

Han tystnade och fortsatte att kyssa henne på pannan och höll om henne lika hårt som innan. Lika oförmögen att uttrycka sig i text var han tydligen att utrycka sig i ord när hon låg bredvid honom och grät.

”Jag vill att du ska vara min...”

Med varsamma händer smekte han henne över huvudet och mumlande med sina läppar i hennes hår.

”Vems skulle jag annars vara?”

Hon snörvlade till och torkade bort sina tårar med baksidan av handen.

”Du kommer väl ligga med någon annan."

"Ingen som kommer att betyda något för mig.”

Tyst och ovanligt noga genomtänkt ställde hon slutligen sin fråga.

”Tror du att vi hade varit tillsammans om du bott här, eller om jag bott uppe hos dig?” Hennes huvud höjdes och sjönk igen tillsammans med hans bröstkorg när han tog ett nytt andetag och kramade om henne hårt igen.

”Ja det hade vi.”

De låg tysta bredvid varandra, hon hade slutat att gråta och lyssnade på hans andetag. Ljuden av andetagen avbröts dock när han försiktigt började skruva på sig i sängen.

”Vad är det?”

"Jag ska bara upp och ta mina tabletter.”

Hon lyssnade på ljudet av blister som knäcktes i hallen och vatten som spolades ur kranen i köket innan han kom tillbaka.

"Varför tar du tabletterna om nätterna?" Hon lade återigen huvudet på hans bröstkorg och blev tryggt omfamnad av hans starka armar.

"För att det känns som om jag blir mindre påverkad. Jag vill sluta, tänkte att jag ska försöka med det till nästa år."

En stark oro högg henne i bröstet, hon mindes när hennes ex hade försökt gå ner i dosering på hans tabletter och hur olyckligt illa det hade slutat. Försiktigt, drog hon fram och tillbaka med naglarna över hans bröst.

"Du...vissa människor med diabetes behöver insulin för att fungera...och du kanske behöver de där."

En lätt kyss från hans läppar mötte hennes panna.

"Ja...kanske det."

Under tystnad låg de tätt bredvid varandra utan att säga något. Efter en stund avbröt han tystnaden.

"Vi borde verkligen sova..."

"Jag vet, men jag vill inte..."

"Inte jag heller men vi måste nog...har du ställt klocka?"

Hon nickade stumt mot hans bröstkorg. En kort stund därefter somnade de båda, tätt hopslingrade precis som första natten ihop i hennes säng den 14 juli.

Några timmar senare vaknade de båda av väckarklockan som ringde, de klev upp i tystnad och han mumlade något om att väskan behövde packas om. Hon följde med upp till hallen och glodde chockerat på all packning han hade släpat på ända från huset på söder och upp för alla hennes trappor och förstod att han verkligen behövde packa om sina väskor. Klumpigt försökte han sig på att sätta sig på väskan som inte gick att stänga, ett drag som fick henne att börja skratta och fråga vad han höll på med. Hon erbjöd honom en väska ur hennes garderob som han vägrade att ta emot. Han drog ut ett gäng lakan ur den stora resväskan och ryckte på axlarna.

"Jag får väl lämna det här."

Hon snäste ofrivilligt åt honom.

"Men herregud ta en jävla väska från mig så du kan stänga din."

"Ja okej då."

Ur en av garderoberna i sovrummet drog hon fram en blå weekendbag och frågade vad han skulle ha med sig, snabbt och målmedvetet började hon plocka ner och packa om hans saker i hennes väska.

"Älskling lugn..."

Ordvalet som hasplats ur hans mun fick henne att reagera starkt invändigt men hon låtsades som hon inte hade hört, för att inte börja gråta i hallen bland hans saker som låg utspridda över hallgolvet. När allt låg nedpackat lade de sig i sängen en stund. Hon vägrade att säga hejdå i hennes lägenhet. Med tårarna brännande bakom ögonlocken igen frågade hon i halvkvävd viskning:

"Får jag följa med dig ner till stationen?"

"Om du vill det...får du det gärna."

Hon nickade återigen stumt mot hans bröstkorg. Tio minuter
senare promenerade de ner till stationen med all packning. Hur
han hade klarat det utan hjälp skulle förbli ett mysterium.

På perrongen visade de stora skärmarna att tåget skulle avgå i
tid, de slog sig ner på en bänk bredvid varandra. Hon placerade sitt
huvud mot hans axel men sa inget. Det fanns inget som längre
kunde sägas, förutom ett ord. Tåget anlände med ett oväsen en
minut innan avgång, fortfarande i tystnad reste de på sig och gick
fram till rätt vagn med packningen.

Framför dörren till vagnen stod de bara de två med en stor
rullväska emellan de, hon kände hur hon sakta sprack och
krackelerade inombords. Snabbt och smidigt gick han runt väskan
och fattade tag i hennes ansikte och kysste henne hårt och länge.
Hon besvarade kyssen, fuktiga kinder mötte hans skäggstubb
samtidigt som den lilla späda kroppen tryckte sig hårt mot hans, i
ett sista desperat försök. Ett sista försök, trots att det var fysiskt
omöjligt att få smälta samman och bli ett med för att få följa med
och vara med honom vart han än skulle. Den tidiga morgonsolen
bländade henne i ögonen när hon slog upp ögonen igen. Han stod
fortfarande mittemot och såg på henne med ett sorgset leende.
Hon knep ihop läpparna och kände hur nya tårar började välla fram
i ögonen och gjorde synfältet dimmigt.

”Hejdå...”

”Hejdå...”

Han klev på tåget med sin packning. Utan att vända sig om en
enda gång började hon gå, för att snabbt höja tempot och

halvspringa mot trappan ner i tunneln som gick under spåren. Väl nere i tunneln brast hon ut i gråt när hon hörde hur tåget startade och sakta började rulla iväg på spåret ovanför henne.

September

MOJAVE GHOST

LORENTZ - INGA BRA SVAR

"Shout out till i fjol . Vad som hände den sommarn, det är class.
Baby, vi kan klara det till sommarn.
Baby, vi kan klara det till sommarn. Baby, vi kan klara det.
Baby vi kan klara det"

Historien slutade inte på tågstationen den 17 augusti. De fortsatte att höras intensivt och ringde varandra om kvällarna efter det. Samtal som pågick i timmar eller nån sms-konversation som kunde fortgå sent in på natten. När han började arbeta igen på sitt jobb drogs dock telefonsamtalen in något eftersom han började jobba när hon slutade och tvärtom. Tiderna gjorde henne smått frustrerad men när hon väl fick höra hans röst eller fick ett meddelande blev hon överlycklig och kände sig tacksam över att han inte hade försvunnit ur hennes liv i samband med att tåget lämnat perrongen.

Någon gång då och då lyste det ljusblå pappersplanet när hon gick in på Instagram, han hade skickat filmsekvenser från jobbet, tillställning han var på eller en bara en bild på honom.

När hon fick se hans selfies drabbades hon alltid av en stark saknad men såg till att lägga bilden i säkert förvar i hennes minne innan den försvann nånstans i det tomma intet.

Samtidigt som saknaden efter honom var ständigt närvarande ordnade hon med en födelsedagspresent att kunna skicka till honom per post.

Beställde öl han förmodligen aldrig hade druckit, lade ner cigarrer han hade rökt med henne i en vacker röd cigarrlåda och köpte lite fler herrplagg från hennes extra-jobb. Bland annat en polo-tröja eftersom det var hål i den han ägde och underkläder, vid ett tillfälle hade han haft på sig ett par groteskt fula vita kalsonger hemma hos henne, hon hade tvingat honom att slänga dem omgående och svära på att aldrig någonsin köpa vita underkläder igen.

I början på september blev hon väckt ur sin nattsömn av att hans existens upptog hela hennes sovrum av telefonens sken, hon svarade sömnigt och förstod att han var lite smått onykter när hon hörde hans röst.

"Du sa ju att jag fick ringa innan 02...och klockan är ju inte riktigt det än."

Hon drog bort telefonen från sitt öra och såg att klockan var 01:45 och började skratta åt hans resonemang.

"Vad gör du för nåt?"

"Jag slutade lite tidigare från jobbet idag och träffade några

vänner till mig...vi sågs för att dricka lite öl, en nära vän till oss
har gått bort."

Det var något i hans tonläge när han sa "gått bort" som fick
henne förstå att det inte rörde sig om en naturlig bortgång.

"Vad...var det som hände?"

"...äsch...vi sågs i alla fall för att sörja lite ihop."

Återigen stängde han ut henne när något blev för jobbigt. Hon
bytte samtalsämne och frågade om hans dag.

Han berättade att han skulle åka ner till Stockholm och att han
gärna ville ses när han var neråt i landet, hon blev både glad och
pigg av hans förslag. De kom i vanlig ordning in på alla möjliga
saker, när de slutligen lade på förstod hon att hon skulle vara trött
när hon vaknade, klockan hade hunnit bli närmare fyra på
morgonen.

De fortsatte att höras om dagarna, inte lika intensivt som
tidigare och hans svar kunde emellanåt dröja men det hade de gjort
tidigare och var därför inget som oroade henne, än.

Oron kom dock som ett brev på posten någon vecka senare när
hennes meddelanden hon skickade på Instagram och sms inte
öppnades eller lästes. När det hade gått två dagar utan att han hade
öppnat hennes meddelanden började en starkare nästan
ångestframkallande oro att mala i henne. Något var fel.

Hon började ifrågasätta sina handlingar och om hon hade gjort
något fel som plötsligt hade fått honom att stänga henne ute. Hon

skrev ett sms som levererades, utan att få ett svar.

När det hade gått tre dagar utan att få svar var ångesten och oron i henne så stark att det var det enda hon kunde tänka på, hon hade gjort något fel, hon hade blivit ett stort fel i hans liv och han hade stängt henne ute. Tankarna var överväldigande och så ansträngande att det övertog hennes fysiska kapacitet, hon vred och vände på sig på natten och kunde inte somna, hon skickade ett sms om hennes oro och frågade vad hon hade gjort för fel.

När klockan blev närmare halv fem på morgonen och andetagen började bli plågsamma att ta, greppade hon panikartat hennes telefon och ringde honom. Det gick fram två signaler innan han svarade för ett ingående samtal på 14 sekunder. Hon frågade om han sov och han svarade med att avsluta samtalet med ett klick. En förtvivlan brann till.

Ett nytt meddelanden skickades och levererades till hans telefon om att det inte kunde vara meningen att allt plötsligt skulle ta slut. På hemskärmen när hon gick ur meddelande-appen insåg hon att det var den 14:e, det hade slagit om och hunnit gå exakt två månader sen hon klev ut från huset på söder efter deras första intensiva kyss. Hon skrev ytterligare ett sms att det var deras dag, i hjärtesorg över att hans födelsedagspresent låg i köket skrev hon också att att han skulle få ett paket skickat till sig och att det var från henne men misstänkte att hon inte skulle få ett svar på det heller. Två månader i någons liv var inte en lång tid, även om det kändes som om hon hade känt honom i ett sekel och lite till, möjligtvis i ett tidigare liv.

Hon lyckades somna och sov en timme innan hon åkte till jobbet och jobbade, precis som vanligt som om ingenting hade hänt, utvändigt. Invändigt var hon ett trasigt vrak.

På lunchrasten gick hon upp till sitt klassrum för att få vara ensam en stund och tog upp telefonen ur ryggsäcken, han hade skickat ett meddelande. Hon läste det och brast ut i gråt.

"Det är inget som är fel med dig, det har det aldrig varit…jag har gått ner i en lite låg period och är osäker och distraherad. Förlåt för att det går ut över dig".

Hon läste om det några gånger till innan skolklockan ringde och eleverna började välla in i korridoren. Snabbt torkade hon bort tårarna och lade ner telefonen i väskan igen, kort därefter sprang en elev in i klassrummet med sin iPad och hon skrek ilsket till.

"Spring inte med paddan, den kan ju gå sönder?!"

Senare på eftermiddagen lämnade hon in hans paket och träffade några vänner efter det men nämnde inget om honom.

Under kvällen när hon var ensam svarade hon ärligt att hon inte visste vad hon skulle svara på hans meddelanden men att hon inte ville att han skulle fly och stänga henne ute. Svaret dröjde men han svarade lika ärligt och uppriktigt att han visste att han stängde ut människor i hans närhet under hans låga perioder, han var medveten om sina problem, hade försökt få hjälp med hjälp av terapi men det slutade ändå alltid med att det blev exakt som det hade blivit.

Kommande dagarna fortsatte sms-konversationen, frågor ställdes om vad det var som gjorde han att kände sig nere, han svarade att han försökte få in rutiner i sitt liv med mindre alkohol och träning för att få tillvaron att kännas bättre och undvek hennes fråga. Hon försökte på nytt att tränga sig på och bräcka igenom hans kevlarsjäl med att fråga om han skämdes över sitt mående eller om han inte tyckte om att prata om det.

"Jag gillar det inte"

Det var ett hopplöst fall, hon skulle inte komma vidare hur mycket hon försökte. I det mörka kom hon dock på att han under sommaren hade berättat för henne att han hade stängt ut sitt ex när han hamnade i sämre perioder och de hade varit tillsammans i fem år.

Det var ett litet ljus, även om hon inte tyckte om det.

Konversationerna per sms och Instagram fortsatte men med längre väntetid på hans svar, hon tvingade honom att säga tack för paketet han hade fått. Förvånat hade han svarat att han inte hade öppnat paketet eftersom han inte trodde att det var acceptabelt förrän hans födelsedag.

Hon skämdes för sin framfusighet men påtalade att hon hade sagt att han var tvungen att öppna det omgående. Hon var rädd för att cigarrerna skulle börja torka i paketet.

Några timmar senare efter uppmaningen om att säga tack fick hon både en bild och filmsekvens att lägga på minnet när han tackade för presenterna med en bild på sig själv i den nya polotröjan och ett kort klipp när han rökte en vanilj-cigarill, provocerande inomhus, med ett rött emoji-hjärta bredvid.

På hennes namnsdag den 20 september kom det en Swish sent på kvällen, förvånat hade hon loggat in med hennes BankId för att se vem som skickat henne pengar så sent. På listan bland transaktioner stod hans namn med siffran 500 bakom. Hon blev förvirrad och smått chockerad.

Kort därefter kom ett sms med ett grattis på födelsedagen med ett rött emoji-hjärta bredvid. Hon började skratta åt hans förvirring och svarade att det var hennes namnsdag, inte födelsedag och Swishade tillbaka 450kr. De skrev med varandra en kort stund innan han frågade om han fick ringa henne på fredagen. Hon svarade omtänksamt att han mer än gärna fick ringa men bara om han orkade.

Strax efter midnatt ringde han efter jobbet.

Hans röst värmde henne invändigt och de pratade på som om ingenting hade hänt, han berättade om sin jobbkväll och hon om filmen som spelades på hennes dator i sovrummet.

De pratade med varandra på samma lättsamma sätt som om det vore vilken natt som helst i juli. När han berättade att han saknade henne och att hennes röst fick honom att sakna henne ännu mer väcktes en viss hopplöshet över att han var så långt bort och att hon skulle kunna offra sitt liv för att få ligga bredvid och dofta på honom. En vriden logik, att offra sig själv för ett fysiskt begär.

"Jag saknar dig med...jag ångrar att jag tvättade kudden du sovit på som luktade du."

Han cyklade hem genom hans hemstad när de pratade. Trots att det endast var hans röst som färdades igenom luft och tidsrymd inbillade hon sig att han log över hennes saknad.

”Jag tog på mig min svarta T-shirt med hål i som du tvättat, den luktade du när jag tog på mig den. Det blev lite jobbigt…att behöva gå omkring och känna din doft på mig…” En viss avundsjuka bosatte sig i hennes kropp över att han åtminstone hade något att kunna dofta på som luktade henne. Hon hade absolut ingenting av honom i sin lägenhet. ”På jobbet häromdagen var det någon som hade din parfym också.”

Hon smålog över att han hade uppfattat och lagt hennes parfymdoft Mojave Ghost på minnet i hans luktsinne. Han hade visat henne en flaska från Aqua di Parma under sommaren. Men för henne var signaturdoften, doften av vanilj från hans pomada, skulle alltid vara och förbli. ”Jag funderade på om du var här och tog ett varv på restaurangen…”

De fortsatte att prata om dofter, sköljmedel och hur de kanske plötsligt en dag skulle överraska varandra med att plötsligt stå utanför ytterdörren hos den andre för ett oanmält besök.

Hon berättade om incidenten när hon hade varit på kvinnokliniken för att testa sig för könssjukdomar för någon vecka sedan och barnmorskan, som för övrigt var moster till hennes ex, hade sagt att hon endast skulle ringa om testet visade positivt.

Veckan därpå hade barnmorskan ringt upp och satt ordentliga griller i huvudet på henne. När barnmorskan sedan berättade att hon ringde för att tala om att det var negativt hade hon känt en stor lättnad efter att först ha blivit arg om han skulle smittat henne.

Han skrattade lättat och roat.

"Fan du skrämde upp mig, jag trodde att jag hade gett dig något och hann få dåligt samvete, jag har inte hunnit testa mig efter dig."

"Nej och uppenbarligen behöver du inte göra det heller, det var ju inget."

De låg och pratade om könssjukdomar och skrattade åt varandras erfarenheter en stund till. Efter att ha avslutat telefonsamtalet konstaterade hon att hon saknade honom mer än innan och att samtalet hade förvärrat hennes känslomässiga tillstånd. En misstanke om att han sakta började övergå från en relation till distraktion spred sig varsamt i hennes hjärta.

Oktober

ÅNGEST

"Tänk om jag alltid kunde börja om. Ett extra liv och sen är allt på noll
Men allting som jag vet nåt om. Game Over.
Jag skulle få tillbaka varje tår och aldrig svara efter ditt hejdå.
Men jag försöker gång på gång. Game Over"

Oktober månad kom snabbt och lika varmt som det var under sommaren, slog oktober om till kallt för att sedan bli varmt igen. Första helgen i oktober kunde man se människor gå omkring i korta klänningar, shorts och bara ben och sparka bland de brandgula och orangea löven som låg på marken.

Deras kontakt fortskred men hans meddelande och svar dröjde, ibland kunde det gå två dagar innan det kom något. Även om den påbörjade och grubblande oron inte var påtaglig och infann sig varje dag ringde hon och bokade in ett samtal hos sin arbetsterapeut för att få hjälp med att organisera det känslomässiga kaos hon kunde drabbas av när han inte hörde av sig. Hon misstänkte att telefonsamtalet han genomförde i slutet av september var efter en bra dag eller vecka. Hon läste om depressioner på nätet och försökte att stilla hennes oro för hans allmäntillstånd, hon ansträngde sig även för att stilla sin egen oro om att inte bli utestängd igen och inte lägga skulden på sig själv.

Frågan kom rätt ut när frustrationen nådde sitt tak, om han ville att hon skulle höra av sig mindre eftersom hon inte ville bli ett jobbigt moment om han inte orkade, hon förstod att hon inte var högt prioriterad om han var låg.

Han undvek frågan och svarade på något tidigare meddelanden. Hjälplösheten inom henne växte, hon ville vara honom till lags men inte en börda.

De hade inte hörts på några dagar när hans 25:e födelsedag inföll den 11 oktober. Hon skulle boka in ett blombud som skulle levereras till honom. För att se till att han skulle få det i tid, hade hon obrydd ringt till hans jobb och frågat om han var ledig eller jobbade på sin födelsedag.

En kvinna vid namn Sandra hade glatt på andra sidan luren talat om för henne att han var ledig och att hon kunde skicka blommorna hem till honom. Hon bokade in blombudet och kände sig nöjd med sin bedrift.

Sent på födelsedagskvällen kom ett meddelande med en bild på blommorna och ett fint tack med ett rött emoji-hjärta bredvid. Blombuketten han hade fotat var groteskt ful, vilket hon påtalade och tillade även att hon råkat tala om för hans jobb att han fyllde år. Någon minut senare kom svaret och frågan om vilket jobb som visste. Hon stirrade en aning förvirrat på telefonen, hade han fler jobb?

Efter en stund gick det upp för henne att han hade menat jobbet i hennes hemstad.

Hon tittade på bilden han hade skickat igen och upptäckte att cigarrlådorna han hade fått från henne låg framme på köksbordet, på hans humidor, både den bruna och röda lådan, bakom skymtade en nött poster med massa svampsorter på som bekräftade hennes teori om att han bodde på ett litet museum. Lådorna uppställda för allmän beskådan hemma hos honom gjorde henne vemodig och ledsen, att han fortfarande var så långt bort.

Hon författade ett nytt och långt meddelande om hur mycket hon saknade honom och önskade att hon kunde få vara med honom innan hon lade undan telefonen för att sova. Morgonen därpå såg hon att han hade läst meddelandet men inte svarat, hur mycket hon än ville gick det inte att avtrubba värken över att hon utelämnat sig själv och inte fått någon bekräftelse tillbaka.

När den 13:e inföll, två dagar efter hans födelsedag, fortfarande utan svar, fann hon sig stressad på ett berg, utsiktsplatsen de skulle ha gått till deras första kväll i juli om de inte hade stannat kvar i källaren i huset på söder.

Hon skickade några filmsekvenser på berget och skämtade lättsamt att hon tog med honom på en viral date ett kvartal senare och skickade iväg det till hans ljusblåa pappersflygplan.

Meddelandet med sekvenserna förblev oöppnade.

En ängslan började gro inom henne, den lilla ängslan övergick till förtvivlad oro när han fem dagar senare fortfarande inte hade öppnat eller läst hennes meddelanden eller svarade på telefonen när hon ringde. Paniken blev ett faktum när hon föreställde sig det värsta, att han hade tagit sitt liv.

Den värld hon levde i blev mindre och mindre framför hennes fötter. Det enda hon kunde tänka på när hon vaknade och innan hon gick och lade sig var den stora frågan om han levde eller var skadad. När ytterligare fem dagar hade gått utan svar, provade hon återigen att ringa utan att få svar, hon började skicka flera meddelanden, känslomässiga, humoristiska och desperata utan att få ett enda svar. Hon började fundera på om hon hade blivit sinnessjuk och besatt. Oavsett om det var en sjukdom eller ej behövde hon en förklaring till det känslomässiga komplex hon kände inombords av förkrossande besvikelser.

Varje vaken stund utan svar blev till långsamma och plågsamma minuter, hennes inre vred sig i krämpor.

Vart var han, levde han eller hade han någonsin existerat på riktigt och den stora frågan, hon lovat att inte ställa sig själv- vad hade hon gjort för fel, gick på högvarv i hennes huvud. Ovissheten och frustrationen turades om att bona sig i hennes kropp, pendlandet mellan alla känslor gjorde den vakna tiden oumbärlig. Söndagkväll hade hon tagit två Stesolid och två Atarax för att stänga av hennes tankar, vid 19:00 hade hon utslaget däckat och vaknat morgonen därpå av väckarklockan vid 07.

Hon tog upp det för diskussion med sin arbetsterapeut, berättade om sin tankar kring att hon blivit besatt, terapeuten viftade bort hennes tankar och googlingar. Men om det inte var besatthet var det något annat sjukligt hon kände. Hon berättade

om den gröna tandborsten han hade fått av henne under
sommaren som fortfarande låg i badrumsskåpet och synen av den
hade fått henne att handfallet sätta sig på badrumsgolvet och
börjat gråta.

”Du upplever sorg.”

Hon grät och satt uppgivet i stolen mittemot hennes
samtalskontakt.

”Varför känner jag mig så jävla sjuk om det bara är sorg?”

”Det är en stor förlust som har uppstått i dig och du förstår inte
källan till förlusten, du vet bara om att den är där.”

Hon snörvlade och tog en ny sats.

”Jag kan inte ens slänga hans sopor.”

Terapeuten tystnade och tittade på henne med en förvirrad och
smått orolig blick.

”Jag förstår inte riktigt vad du menar, hur menar du med sopor?”

Även om det var en jobbig stund kunde hon inte låta bli att
skratta åt sig själv och hennes ordval, samtidigt som tårarna
trillade nerför hennes kinder.

”Inte sopor...hans vinflaskor han kom med, jag skulle panta och
kunde inte slänga flaskorna vi drack i somras.” Hon började skratta
igen samtidigt som hon grät. Det var något i henne som kunde
distansera sig. ”Jag måste ju vara sjuk om jag samlar på sopor?”

Ihop med hennes skratt som kom mellan tårarna föll terapeuten
in och började småskratta hon med.

”Jag måste få veta om han lever...jag måste få ett avslut.” Rösten
sprack, efter att hon uttalat ordet avslut.

"Jag vill inte känna mig sjuk som om han har dött, ännu värre inte veta om han har det. Jag måste ju få gå vidare, jag kan inte gå vidare. Inte såhär."

"Hur ska du lösa det?"

Håglöst ryckte hon på axlarna, trots att svaret sakta men säkert gick upp för henne.

JAG ÄLSKAR DIG INTE
MEN JAG HADE KUNNAT OM DU VELAT

Hon satt i soffan hemma hos Teresia och tittade upp mot klockan i köket, 16:17.

"Jag går upp på övervåningen...ropa när du är klar, jag är här..."

Hon nickade mot hennes bästa vän som stod i trappen och började med darrande händer googla upp telefonnumret till hans jobb. Om han inte var på plats skulle hon se det som ett tecken på att det inte var meningen att hon skulle få ett avslut och om han var där...

Det gick fram två signaler innan en kvinna vid namn Caroline svarade på telefonen. Utan att presentera sig, berättade hon för kvinnan att hon sökte honom och undrade om han fanns på plats. Kvinnan svarade glatt att han var på plats och att hon skulle ge över telefonen till honom.

Snabba fotsteg hördes på andra sidan, kort därefter kunde hon vagt urskilja genom telefonen hur kvinnan talade om för honom att han hade telefon. Hans välbekanta röst som frågade "who is it" till kvinnan i bakgrunden fick henne att svälja hårt. När han milt svarade med hans namn på telefonen fick hon hejda sig för att inte börja gråta.

"Lägg inte på...det är jag."

Ett djupt andetag som drogs in hördes på andra sidan luren.

"Hej..."

Hon tog sig mod för att fortsätta samtalet, moget och vuxet.

"Jag ville bara veta om du lever och det är ju skönt att du gör det."
En skälvning gick igenom hennes kropp. "Jag ska fatta mig kort
eftersom du är på jobbet...jag behöver ett riktigt avslut. Jag
bearbetar dig i mitt huvud som om du vore död och det ger mig en
sån jävla ångest av sorg som jag inte kan hantera...", hennes röst
sprack en aning, "du måste göra slut med mig på riktigt, säg att du
ångrar allt och inte vill veta av mig längre...du måste göra slut med
mig."

Tystnad på andra sidan luren. Han lät väldigt osäker och
förlägen.

"Vaddå nu?"

Ett kort skratt kom ur henne men i smärta och nervositet, inte
för att hon kände någon glädje eller underhållning i situationen
hon befann sig i.

"Ja eller när hade du annars tänkt göra det?"

Tystnad på andra sidan luren igen.

"Vänta jag ska bara gå åt sidan..."

Det prasslade och hon hörde hur han rörde sig med telefonen i
hans hand. Det blev slutligen helt tyst i luren innan han bröt
tystnaden med ett djupt andetag och en lågmäld röst.

"Jag ångrar ingenting...jag kanske bara inte fungerar..."

Det kändes plötsligt som hon förflyttats från soffan på Torpvägen till ett vidöppet fönster. Ett stort fönster som vätte ut mot en tungt trafikerad gata i valfri storstad utan att kunna höra ett ljud, utan en enda människa som skulle kunna höra hennes förtvivlade skrik av sorg. För inombords skrek hon- inte jag heller, jag fungerar fan inte utan dig, FATTA DET DÅ, DIN JÄVLA IDIOT!!!
Det samlade svaret för att hålla sig sansad blev en idiotisk motfråga.

"Jag...fungerar inte jag?"

"Vi kanske bara inte fungerar..."

Smärtan uppenbarade sig direkt. Högg gång på gång, plågsamt och krampaktigt över hela hennes bröstkorg och fick henne att andas snabbare. Om det fanns ett tillfälle i livet när hon behövde slå sönder något i tusen bitar för att återfå fotfästet var det i den här stunden, det kändes som hon höll på att drivas till rent vansinne.

"Aldrig...aldrig någonsin?"

"Nej, inte just nu..."

Hon samlade sig, som hon så många gånger gjort förr när hon varit nära på att bryta ihop men lyckats lägga band på sig själv. Vad hon inte visste, var att den här gången skulle det inte gå. Trots att hon kämpade febrilt i hela kroppen var det en kamp hon omöjligt skulle kunna vinna. Hon skulle brista ut i gråt, han gjorde för ont och hon skulle bli sönderslagen när hon inte kunde få slå sönder något själv. Demolerad och sönder-pulveriserad likt en puderdosa som faller i golvet och krackelerar i miljontals små delar. Hon drog efter luft.

”Du behöver inte säga något mer…jag hatar dig inte, jag är inte arg på dig. Jag älskar dig inte men jag hade kunnat om du velat. Jag stänger inte dörren för dig…men vi säger väl hejdå för nu…”

Han stod eller satt tyst på andra sidan luren, hon famlade efter halmstrån. Hon behövde säga något mer innan han skulle försvinna från henne.

”Du är det finaste jag har träffat på väldigt länge.”

Ett leende hördes bakom hans röst när han svarade.

”Tack…vad fint att du säger det.”

En ny tystnad uppstod.

"En sista fråga innan vi lägger på, finns det någon annan?”

”Nej…inte just nu…”

Inte just nu.

Han hade svarat på två av hennes viktigaste frågor med öppna svar. Hon blundade och såg den bekanta fyrkanten. Försökte att andas in i en linje och ut i en ny. Försökte att andas överhuvudtaget när det kändes som om någon hade satt hennes huvud i en minimal plastpåse och knutit en omöjlig knut som inte gick att få upp. Hon hörde hans andetag på andra sidan luren. Han hörde definitivt hennes och om möjligt hennes hårda och bultande hjärtslag som ekade ända ut i tinningarna. Hon visste att stunden var kommen. Det skulle inte gå att dra ut på det längre.

”…hejdå Jonathan.”

Hon bröt ihop på nytt och försökte kväva snyftningen som kom men misslyckades kapitalt återigen. Hon hörde hans andetag på andra sidan luren men det farväl hon väntade på från hans sida kom inte.

Han klarar inte ens av att säga hejdå.

Han kan inte ens ge mig hans röst en sista gång.

Hon satte ner telefonen i hennes knä och tryckte bort samtalet.

Kvar blev en telefonlogg på displayen +46 90- (Umeå, Västerbottens län), utgående samtal 3 minuter.

Hon raserade och slog hårt och smärtsamt i avgrunden på det svarta hål hon hade fallit igenom alltför länge. I ett parallellt universum fick även det sista bevingade liv i henne som fötts under sommaren sina vingar våldsamt avslitna likt ett papper som rivs i två delar. Lämnad trasig och sargad på en sen länge, död sommaräng för att långsamt förgås under den kommande mörka och kalla hösten.

November

JONATHAN

Grenarna på träden utanför sjukhuset är nästan nakna nu. Det är fjärde gången hon sitter inne på Dianas kontor och stirrar ut genom fönstret som vätter ut mot ett mindre skogsområde. De säger att allt vackert har ett slut och utanför, där livet passerar har allt blivit kalare och mörkare sen hon kom in efter det långa sommaruppehållet. Hon gillar inte samtalsrummen på sjukhuset, gillar inte sjukhus överhuvudtaget. På sjukhus huserar man om man ska dö eller är illa skadad, hon är inget av det, även om det kanske känns som det.

De sitter alltid på Dianas kontor, det känns mer formellt. Det enda som möjligen stör är asken med näsdukar som står på skrivbordet mellan de. Diana är en arbetsterapeut på psykiatrin, en samtalskontakt hon har för att få hjälp med det vardagliga på jobbet eller privat, i det stora hela för att få in rutiner i livet. Hon gillar sin arbetsterapeut, hon är jordnära och de har haft en väldigt bra dialog de senaste tre åren de har träffats. Under tiden som passerat har hon utvecklats och blivit en mer organiserad person. De senaste tre gångerna har dock Diana känts mer som en vän än en terapeut, eller ja en vän hon får träffa på en bestämd tid i ungefär en timme.

Hon vet varför Diana har ställt upp asken med näsdukar, den är inte placerad där utan en bakomliggande tanke- hon har pratat om och gråtit en hel del över honom senaste gångerna.

Trots vetskapen om att hon verkligen inte borde ägna för mycket tid eller tankar på honom, är det jävligt svårt emellanåt.

Tecken är för vidskepliga och människor utan något hopp i livet och trots att hon försöker att inte tro på tecken från universum eller icke rationella saker som horoskop. Kan hon inte undgå att känna sig hjälplös när de icke existerande-tecknen på hans existens gör sig påminda.

Under en storstädning i skåpet på skolan hade en kortlek med uppgifter i läsförståelse kommit fram, det översta kortet i högen handlade om Anna i ett gult hus i Umeå.

Umeå, staden som skapade ett stort hål i henne.

Nästa gång var på vårdcentralen, i receptionen spelade de som alltid låtar från radiokanalen Lugna Favoriter och Tina Turner, The best gick igång. I vanliga fall, under andra omständigheter hade hon börjat skratta men där och då fick den hesa rösten som skrålade ur högtalarna bakom disken, tomheten inom henne att eka ännu högre. Låten hade spelats i bakgrunden från spellistan "du luktar gott" på Spotify när de hade haft sex på vardagsrum efter dagsutflykten till Norrköping. En spellista på 43 låtar, 2 timmar och 40 minuters speltid som fyllt henne med glädje och upprymdhet, gick nu hand i hand med ett brustet hjärta, bristfälligt förnuft och ologiska känslor. Inte en enda låt kunde spelas upp utan att hon paradoxalt blev fylld med en större tomhet.

Under en after work på restaurangen hade hon mötts av både Charlie och Astrid i dörren när hon kom in. Synen av det det andra fiktiva kärleksparet Katrineholm-Umeå, hade fått henne att nostalgiskt och melankoliskt funderat på hur det hade varit om han och inte Charlie hade stannat kvar i stan. Väl vid bordet när hon bett om en drinklista, hade Astrid talat om att hon jobbade på en och att det för tillfället inte fanns någon. Med ett klämcheckt leende tillade hon direkt efter:

"Jag är ju inte lika bra som din Jonathan men jag kan försöka."

Din Jonathan.

Servitrisen hade ingen aning om hur brutalt hon våldtagit och sargat upp hela henne invändigt.

Diana frågar om hon har fått tag på honom. Sammanbitet svarar hon att hon fått tag på honom, därefter faller hon återigen i gråt, trots hennes försök till att inte brista ut i sin patetiska sorg, igen.

Mellan tårarna förklarar hon att det var en befriande känsla att få höra hans röst, även om det bara varade under 3 minuter. Lättnaden över att han fortfarande levde och fanns. Hur smärtsamt det än hade varit att lägga på kändes det som om hon kunde andas igen. Hon berättar om hans svar och "nej inte just nu". Diana förstår frustration över de öppna svaren som satt griller i henne huvud.

Med tomma ögon stirrar hon återigen ut genom fönstret framför henne igen och tänker att hon känner sig lika död inombords som det gråa vädret utanför, plågad av obesvarad kärlek. Den lilla önskan om ett piller som skulle kunna radera hela hans existens ur hennes tankeverksamhet för en period ligger tryggt och skvalpar i en känslomässig storm.

Det finns ett axplock förlorade människor runt om i hela världen, förlorade i kärleken, förlorade i lusten eller bara förlorade i varandra. Det gäller inte henne längre. Sanningen har nått ljuset och hon har ertappas som en förlorare precis innan mållinjen och det gör så ont att hon inte längre vill leva. Minnet av honom gör henne olycklig och liten, när dem borde göra henne glad.

Han kom när hon som minst trodde att hon behövde någon och visade mot alla odds, likt en penetrerande kanyl med kokain för missbrukaren som glömt euforin av kemisk substans, den totala motsatsen. Existensen av en främling från Umeå hade fått henne att känna sig levande, på alla underbara tänkbara sätt som kan sammanfattas under ett ord- lycka. Overkligast av allt kom han instapplande som en riddare i rustning på vit häst och fick henne att inse att livet kan gå vidare på ett fängslande och fantastiskt sätt med rätt person. Han må varit sårad och sargad under rustningen men hade uthålligt tagit henne vidare på spelplanen när hon envist bestämt sig för att ensam stå över varje kast och förbli kvar i samma spelruta, om och om igen.

En svart fågel flyger graciöst förbi utanför fönstret. Ett liv som fortsätter fortskrida trots att allt till synes verkar dö just nu.

Med darrande röst fortsätter hon berätta att han ofta är huvudrollsinnehavaren i drömmarna på senare tid, värst är drömmarna när han har fått en mindre biroll och hon vaknar ensam och grämer sig över att hon bara fick träffa honom en kort stund, även om det faktiskt aldrig har hänt på riktigt.

Saknaden är kvar, saknaden som gör så in i helvete jävla ont. Som ständigt påminner att hon lyckades gå vidare i somras men det är en stor skillnad på att tvinga sig kvar och inte vilja gå vidare och nu febrilt slå den förbannade jävla tärningen för att försöka komma vidare, utan att lyckas.

Dialogen hon förde med honom spelas om på ständig repeat i huvudet. Dialogen hon önskar att hon kunde få göra om. Göra om och göra rätt.

”Jag hatar dig inte, det kommer jag aldrig att göra, du har tillfört för mycket glädje och lycka i mitt liv.

Jag är inte arg på dig, det kommer jag aldrig att bli men jag är bitter över att en så stor del av mig gått förlorad tillsammans med dig och jag vet fan inte hur jag ska få tillbaka den.

Jag älskar dig inte men jag hade kunnat om du velat. Jag satte mig på en hög häst för att reducera min sorg med högmod och slog undan mina känslor när jag äger varken häst eller stolthet. Det enda jag verkar äga är en stor tomhet efter dig.

Jag känner mig som en vacker och inbunden bok utan innehåll, all logik och förnuft i mig evakuerade tillsammans med dig. Jag känner mig som en bortkommen spelpjäs på en enorm och förvillande spelplan med 1000 motspelare utan dig.

Mest av allt känner jag att jag inte vill stå kvar och trampa där du lämnade mig men hur mycket jag än vill, har jag ingen jävla aning om hur jag ska ta mig vidare nu när jag kommit till insikt att jag älskade dig. De säger att tiden läker alla sår och att jag kommer glömma dig. 'Men att glömma någon som man älskat, är som att minnas någon man aldrig träffat.'"

EPILOG

Doften av te och tända stearinljus har spridit sig i Mikaelas lägenhet. I bakgrunden går sista Harry Potter-filmen på tvn samtidigt som tjejerna sitter i soffan och samtalar om det senaste skvallret i Katrineholm. Två veckor har passerat sen nyårsafton, natten till ett nytt år, nya möjligheter och andra klyschigheter att kunna uppfylla i exakt 365 dagar. Trots att hon aldrig trott på nyårslöften och nystarter känner hon sig lite smått gudabenådad över att ha getts en ny början och en årsbegynnelse tre minuter innan tolvslaget när hon lägger sig med benen tillrätta upp mot soffryggen. I blickfånget ser hon Hermione kasta en besvärjelse med sin trollstav på tvn, uppochner.

”Du ska inte ha en bulle?”

Hon tittar på den svävande bullen ovanför hennes ansikte.

"Nej tack, det är bra."

”Du borde verkligen äta...”

”Äh, det här är post Jonathan-kroppen. 7 kilo och halva mitt hjärta fick han med sig till Umeå. Fast det vet jag faktiskt inte vad det väger.”

”Saknar du honom?”

Hon tittar upp mot Mikaela och rycker lite snabbt på axlarna.

"Ibland kanske, det som var på riktigt.”

En kort tystnad uppstår innan hon fortsätter att berätta om nyårs-fyndet på Johannas balkong vid 23:57. Utforskaren på Instagram hade av underliga skäl dykt upp när hon flippade med telefonen inför tolvslaget. Av alla bilder som dykt upp i ett virrvarr fanns det en specifik bild som hade fångat hennes uppmärksamhet.

Uppmärksamheten hade nyanserats till ren nyfikenhet. Med snabbt finger hade hon tryckt sig vidare in på bilden och insett att det var en bild hans tvillingsyster lagt upp. Systerns Instagram-bilder hade dykt upp i hennes flöde under hösten, förmodligen för att hon gett sig ut på egen stalkingturné under sommaren när hon fascinerats över hur vacker systern var. Sociala medier är en förrädisk fiende i ett land av brustna hjärtan och obesvarad kärlek.

Det var en uppenbar parmiddag. På bilden satt tvillingsyster vid gaveln av bordet, Jonathan till höger och tätt intill honom, Ellen, exet, flickvännen eller hans babe med ett rött emoji-hjärta bredvid. I bakgrunden syntes samma slitna poster som synt på bilden han hade skickat med hans födelsedagsblommor och cigarrlådor.

Utan ånger eller hämningar hade hon klickat sig in på systerns story för att bevittna tre långa sekvenser på honom med sin babe. Han skamlöst iförd i polo-tröjan utan hål hon hade skickat i födelsedagspresent i oktober, samtalandes med den ännu mer ogenerade accessoaren Ellen bredvid sig. Den lilla accessoaren han utelämnat att han fortfarande träffade och skulle tillbringa sitt nyår med, när han en vecka innan julafton hade ringt henne.

Veckan innan jul hade hon i sedvanlig ordning legat i sängen och planerat det sista för klassen innan julavslutningen. En inre stress hade börjat sprida sig, antalet arbetstimmar i jämförelse med sömn gick inte ut i en jämn ekvation.

Samtidigt som hon förberedde Keynote-presentationer gick telefonen varm i vanlig ordning på både Snapchat och sms.

Det var en hel del olösta problem på jobbet men också en konversation som gick varm med Astrid, servitrisen från restaurangen som hon senare under hösten fattat tycke för. Svartsjukan som uppstått i somras var sen länge förlåtet och glömt. Efter en stund ihärdigt vibrerande bestämde hon sig för att kolla igenom notiserna. Bland mottagna meddelande fanns en notis som inte borde finnas med. Möjligen för några månader sedan men inte nu. Engwall Jonathan.

"Tänkte om jag kunde ringa dig, när det passar dig?"

Utan att bemöda sig att läsa om meddelandet ytterligare en gång hade hon ringt upp en av hennes äldsta och mest rationella vänner.

"Jonathan har skickat ett meddelande."

Tystnad på andra sidan luren hade uppstått.

"Vad har han skrivit?"

"Om han kan ringa, när det passar mig."

"Vill du prata med honom då?"

"Nej...", hon visste att det var en lögn, "eller jag vet inte..."

"Du kan väl sova på saken, exakt vad har han skrivit?"

Snabbt och vant hade hon tryckt igång hemskärmen igen på telefonen och mötts av en ytterligare notis.

"Om det inte är försent".

Försent?

Försent för vaddå?

Existensen av honom i telefonen igen hade fått ett illamående att sprida sig från mage till mun. En månad tidigare hade hon utan tvekan svarat omgående men med dem ytterligare 30 dagars påslag som följt hade en stark hesitation av självförsvar byggts upp. Morgonen därpå bestämde hon sig dock för att skicka iväg ett neutralt meddelande med tider han kunde ringa henne.

19:27 den 19 december dök hans namn upp på displayen tillsammans med ett ihärdigt vibrerande. Krampaktigt lät hon handen greppa om telefonen för att känna av vibrationerna några sekunder innan hon svarade med ett neutralt, hallå.

"Hej..." Hon hade känt igen rösten om han så stod maskerad upp till tänderna i totalt mörker på en annan planet och tidsrymd. Han harklade sig något nervöst innan han började prata igen. "Va..hur är det med dig?"

"Jag är lite trött, typ stressad, jag har jobbat en hel del och det börjar väl märkas av en hel del nu..."

Han förblev tyst på andra sidan luren, hon bestämde sig för att pladdra vidare.

"Jag börjar glömma en del saker, jag kopierade upp prov

häromdagen och kom inte på vart jag hade lagt grejerna. Nu skulle jag göra en sockerlag som blev gul, därefter brun och sen svart. Jag hade glömt vatten så jag brände hela skiten i kastrullen, slängde den åt helvete…"

Han började skratta hjärtligt på andra sidan luren.

"Ja det gör väl inget om du skulle köpa nya kastruller."

"Kritisera inte mina kastruller, det är inget fel på dem. Hur är det med dig?"

En nyfikenhet hade väckts som inte alls hade funnits innan han ringt. Flertalet frågor började en efter en dyka upp i henne huvud.

Vart höll han hus, hade han träffat någon ny, bodde han kvar i sin hemstad och hur mådde han.

"Jag är nog ganska stressad jag med. Jag har fått nytt jobb… häruppe."

Han var kvar. I Umeå. Själen han i somras hade sålt till huvudstaden hade returnerats och via ett öppet köp åkt tillbaka till Västerbotten igen.

"På tacostället?"

"Hur visst…", han lät förvånad över hennes fråga, "har jag berättat för dig?"

Hon skakade lite lätt på huvudet på sin sida om telefonluren med ett brett leende på läpparna.

"Du berättade att du blivit tillfrågad att ta en tjänst på ett tacoställe men du visste inte riktigt om du trodde på konceptet."

Hon ville tillägga att hon innerst inne där och då hade hoppats på att han skulle tro så lite på konceptet och välja att förflytta sig

söderut i Sverige igen. Men den informationen skulle göra
varken från eller till om han visste nu.

"Ja, just det. Nej, det här är ett annat ställe men det finns tacos på
menyn, jag är...faktiskt barchef här."

"Det är du och Gustaf Löfander från Vår tid är nu då..."

Han började återigen skratta.

Strax innan han hade slutat svara henne under hösten hade hon
dragit paralleller och jämfört honom med Calle i SVTs serie Vår tid
är nu, de hade samma minspel när de pratade och skrattade.
Under en kort stund diskuterade de tv-serien när hon insåg att hon
var samtalsledaren, trots att det var han som ringt. Utan att tänka
sig för tystnade hon tvärt, en påtvingad tystnad låg plötsligt i det
långa avståndet mellan Södermanland och Västerbotten.

"Jag ringer, för att jag vill be om ursäkt...för hur jag betedde mig.
Du förtjänade bättre. Du förtjänar bättre, det vet du va?"

"Jo, jag mådde ganska dåligt, eller sämre än jag trodde att jag
skulle, när du...när det blev som det blev. Jag visste inte om jag ville
prata med dig först. Men när du skrev 'om det inte är försent', vad
menade du med det egentligen?"

Förklaringen hon ville få uteblev. Det förblev tyst på andra sidan
luren men för första gången kände hon inget vemod över tystnaden
som uppstått. Istället skrattade hon till lite lätt, om han varit
oförmögen att uttrycka sina känslor för några månader sedan hade
det inte skett någon större utveckling under tiden de inte hade
hörts.

"Förlåt, jag ska inte sitta tyst när det är jag som har ringt. Jag ville i alla fall be om ursäkt..."

Rakt på sak utan att hymla eller gå som en katt runt den heta gröten frågade hon hur han mådde och om han hade kommit ur sin svacka. Förtänksamt och lika undvikande som alltid, talade han om att han alltid kom ur sina svackor förr eller senare. Lika burdust ställde hon nästa fråga.

"Äter du fortfarande din medicin?"

"Jo...men jag försökta sluta ett tag."

Ett nytt skratt utlöstes från båda två efter att han hade avslutat sin mening.

"Jag sa ju att du inte skulle..."

"Jag vet. Tänk om jag kunde lyssna på vad andra säger ibland..."

Samtalet övergick till ett helt vanligt samtal om hur trötta de båda var och deras nyårsplaner.

Hon berättade lite om sin nyårsplan att äta pizza, se på film hemma hos Johanna och bara ta det lugnt och han om sitt lugna nyårsfirande med sin tvillingsyster och hennes pojkvän i Umeå hemma hos fyra av hennes veganska vänner han kände lite halvt sen innan för att sedan bara få gå hem.

Det fanns två helt skilda svar på hans firande hon kunde ge. Endera konstatera "du har inte träffat någon ny än...tack, jag är inte över dig än" eller svaret som slutligen kom ur hennes mun.

"Fy fan vad hemskt att tvingas avsluta sitt år med att laga och äta vegansk nyårsmiddag."

Han skrattade åt hennes utlåtande. Hon log över hur hon så enkelt och lekande lätt, fortfarande kunna locka fram hans skratt.

Leendet försvann dock när han avbröt hennes tankeverksamhet
med en viss beslutsamhet i sin röst.

”Jag har en sen arbetsintervju nu...”

Telefonsamtalet hade utan tvekan penetrerat igenom
ärrvävnaden som lyckats läka ihop under de två månaderna som
hade gått sen hon lade på efter deras samtal i oktober. Såret som på
nytt gått upp sved illa men hur illa det än upplevdes kunde inget
pulserande blod uppfattas.

”Jag fattar.”

”Det var fint att få höra din röst...”

”Din med...”

”Ha det bäst...”

Hon nickade men insåg att han inte kunde se att hon satt med
slutna ögon och nickade åt hans avsked.

"Du med...hejdå.”

Han tog ett andetag innan han slutligen gav henne det han inte
kunde i oktober.

”Hejdå."

För två månader sedan hade det avslutade samtalet fått henne
att brista ut i gråt men nu lade hon sig på rygg i sängen och
stirrade tomt upp i taket. För första gången kände hon inga tårar
som började bränna i ögonen av tomheten som sakta spred sig i
kroppen.

Tomheten förblev bara en stor tomhet som sträckte sig ända från
Södermanland till Västerbotten men inget mer, varken från eller
till. Morgonen därpå fanns ett meddelande som inte tog upp mer

än någon centimeter på telefon-displayen men som fick ett nytt illamående att vakna till liv, hans namn fyllde upp hela henne invändigt. Hon samlade sig någon minut innan hon valde att svepa upp meddelandet.

"Det kanske var konstigt att skriva 'om det inte är försent'. Jag visste bara inte om broarna var brända och skeppen sänkta. Jobba inte ihjäl dig, Med vänlig hälsning Jonathan".

Illamåendet hade omgående försvunnit och bubblat ur henne i ett högt gapskratt, hon lade sig på rygg och läste om meddelandet högt för sig själv i sängen. "Med vänlig hälsning..." hon förmådde sig inte att uttala hans namn innan hon på nytt började skratta igen, "Du har för fan knullat mig en hel sommar, vaddå med vänlig hälsning, jag är väl ingen jävla arbetsintervju?" Trots att hon uppfattade hans meddelande väldigt humoristiskt insåg hon också att det fanns något ärligt och vänligt i hans ord så lika ärligt och vänligt bestämde hon sig för att svara.

" Jag tänker fortfarande på dig varje dag. Inte lika konstant som för två månader sen men det kommer en stor eller liten tanke varje dag. Köpte ny stekpanna, liten tanke. Den bruna spelpjäsen du slog ur handen på mig som vi aldrig hittade, som kom fram förra veckan, större. Så länge jag kommer sakna dig och du inte formulerar om ditt 'nej inte just nu' till ett fastslaget nej kommer broarna förmodligen aldrig bli brända. Sluta vara så formell, jag är ingen arbetsintervju..."

Ett helt dygn passerade innan svaret kom följande natt.

Fortfarande inget fastslaget nej men fyra ord som etsade sig fast i näthinnorna. Fyra ord, med exakt fyra stavelser som han konstant brukade säga eller viska till henne några månader tidigare, som nu upplevdes som en evighet sedan.

Vad fin du är. Meningen som tidigare fått henne att handfallet slå i backen och krevera av förälskelse till honom, såg mest ut som en mening som skrivits dit av gammal slentrian.

Opersonlig och betydelselös likt en inhandlings-lista som kunde ligga kvar i en korg på Ica- tillknölad, använd och kvarglömd för allmän beskådning. Hon lät meddelandet förbli obesvarat men läst i inkorgen. Fram till julafton, när hon skickade ett meddelande och önskade honom en god jul. Meddelandet levererades men förblev oläst, en timme, en dag och en hel vecka som slutligen blev till ett nytt år. Nyårsdagen 11:44 kom den sista spiken i kistan.

Den sista spiken efter att ha begravt den lilla kärleksfulla existens han fortfarande hade haft kvar i hennes känslomässiga anatomi, i symbios med symfonin av fyrverkerier som avfyrats vid tolvslaget. Svaret på hennes god jul-hälsning.

En impuls for igenom kroppen att fråga om han skulle ut på knullturné eftersom mandeln i gröten innebar giftemål inom ett år och att han dessutom missat en vokal i ordet hoppas. Den här gången var irritationen, riktad enbart mot honom. Konstaterandet över hur han inte begrep varför man skulle ha fortsatt kontakt med sina ex och den avslutande kommentaren från sommaren ekade och gick på repeat i hennes huvud, som ett mantra "det är inte så att jag och Ellen någonsin skulle ses på en fest eller middag tillsammans". Förutom på en intim parmiddag över nyår. En nyårsmiddag där han hade utelämnat att hans dejt för kvällen var just hans Ellen, för henne.

Hemma hos endera honom eller henne. Eller möjligen i deras gemensamma boende, han hade nämnt en flytt i deras telefonsamtal innan jul.

Hon gav det 40 minuter och lät toppen av isberget smälta ned till vattenytan, innan hon formulerade sina väl valda sista ord. Av feghet eller osäkerhet hade han inte, trots att hon förklarat att hon behövde ett fastslaget nej för att kunna släppa honom, kunnat ge henne ett avslag. Lite visste hon då att tiden i vanlig ordning skulle utvisa och låta lotten falla på hennes axlar, att avvisa och avhysa honom ur sitt liv.

"Hoppas nyåret med din Ellen var fin. Avslutade mitt med att bränna gamla broar och skepp strax innan tolvslaget. Ödets ironi, eller slump, både bro och skepp var ändå konstruerade likt luftslott. Du kan få vara tyst för länge nu."

Ett semi-dräpande meddelande som avslutats a la Alexander Ferrer. Läst kl: 15:51. Några sekunder senare raderade hon hela konversationen och gick snabbt in bland kontakter, bläddrade fram hans namn och tog utan några samvetskval bort det sista som existerade av honom ur sin telefon.

Den lilla mängd snö som fallit i december hade fått ligga kvar över jul men hade smält bort i mellandagarna.

Trots att ingen snö låg på den bara asfalten bet det ordentligt i kinderna när hon klev ut från hennes ytterport sent på kvällen under nyårsdagen. Barnsligt och nyfiket blåste hon ut luft ur munnen och såg att utandningen kondenserade till rök likt de förbipasserande bilarnas avgaser.

Med bestämda steg i bara linne och trosor under den beigea kappan gick hon mot sophuset som stod några meter bort från hennes lägenhetshus.

Den högra handen höll om en hårt knuten soppåse. Innehållet i soppåsen klirrade. Tio minuter tidigare hade hon fått syn på flaskorna han hade kommit med i somras när hon öppnade dörren till skafferiet. På huk på köksgolvet hade hon plockat ut flaska för flaska och sakta dragit med fingrarna över etiketterna med samma ömhet som hon hade strukit honom över rygg och håriga bröst under sommaren som rått. Tanken över att hon längre inte hade någon aning om vem fan det var hon så ömt och varsamt hyst sådan omtanke och kärlek för, fick henne barskt att dra ut sopkorgen under diskhon och trycka ner flaskorna i påsen.

Ett litet leende spred sig i ansiktet när tanken slog henne att han hade kritiserat henne för att inte källsortera i somras. Den sista flaskan granskade hon extra länge, innehållet hade sen länge torkat men den luktade fortfarande syrligt.

Susana Balbo, Barrel Fermented Torrontes 2015. Dill-vinet de druckit under deras andra kväll i juli. Med lite extra hårt grepp om flaskhalsen tryckte hon slutligen ner även den i soppåsen bredvid vinerna han hade haft med sig till sin jävla köttfärssås och kyckling. Snabbt hade hon slängt på sig kappan i hallen och tryckt ner sina bara fötter i curlingkängorna innan hon tog ur nycklarna ur nyckelskåpet för att bege sig ut mot sophuset med flaskorna i soppåsen.

Sopbilen måste ha tömt de gråa soplådorna under morgonen, plastpåsen från ICA med sopor gav ifrån sig ett högljutt kras av krossat glas när den for i botten på lådan.

Med undantag från den bitande kylan upptäckte hon att det var en stjärnklar himmel ovanför henne när hon hade slängt påsen i soprummet.

Av samma oförklarliga anledning som hon hade stalkat upp honom första gången på Instagram i juni stannade hon upp i sin gång och tog upp telefonen hon hade fått med sig ut och ändrade om inställningarna i väderappen från Katrineholm till Umeå. En sekund gick innan skärmen slog om och hon insåg att även han hade samma stjärnklara kvällshimmel hos sig. Om han skulle bemöda sig att titta upp mot himlen och dem små ljuspunkter de båda hade ovanför sig exakt i den stund som hon tittade upp skulle de titta upp mot samma himmel, trots att de var flera mil ifrån varandra.

En bil som stannat för att fickparkera utanför soprummet fick
henne att sluta upp med det intensiva stirrandet mot himlen och
börja gå tillbaka mot lägenheten igen. Vinterkylan hade lyckats leta
sig in innanför kappan, huttrande började hon småspringa mot
ytterporten och tog stora kliv i trapporna för att komma in igen.

Om det återigen var ödets ironi eller en ren slump kändes det
som om hela livet stannade upp när hon var på väg att ta av sig sin
andra sko. Ute i vardagsrummet spelades bryggan i låten Herside
Story från högtalaren som var kopplad till hennes iPad. En av
låtarna hon inte hade förmått sig att spela sedan han åkt- låten han
hade förknippat med henne. Eller åtminstone sa att han gjorde.

Med båda, numer bara och nakna fötterna mot hallgolvet hade
hon vankat mot sittbänken som stod mot väggen och satt sig ner.
På exakt samma ställe där han osäkert och fumligt talat om att han
hade stalkat henne i somras.

Om allt varit spel för galleriet, eller på riktigt skulle hon aldrig få
reda på och för första gången var hon inte särskilt intresserad över
att få veta heller. Hon var trött på att omtumlande bli kastad av
vågorna i det öppna hav han försatt henne i. Bryggan i låten
spelades om för andra gången. Låtens 3:03 minutrar började dra
sig mot sitt slut.

*"I will be right by your shoulder babe, and when the weather gets colder
know that I'm right there, said you should know that I'm right there."*

Fortfarande iklädd i sin beiga kappa blickade hon upp mot

spegeln som satt på väggen tvärsöver. Spegelbilden stirrade tillbaka något håglöst mot henne en kort stund innan hon slutligen med ett trött och något krystat leende öppnade munnen.

"Men du är inte alls här."

En harkling avbryter hennes flashback. Hon tittar på Mikaela som tar ett stort bett från bullen hon håller i.

"Vilken jävla tur att det var du som träffade honom och inte jag."

Tur är en lustig sak, den är lätt att acceptera så länge skutan går men så fort den vänder tenderar livet till att bli väldigt orättvist.

"Tack du."

"Men om du skulle stöta på honom igen. För att ni träffades, alltså...jag tror... du betydde något för honom. Vad tror du skulle hända då?"

Fortfarande med blickfånget uppochner mot tvn börjar hon skratta.

"Typ det där."

Förtjust ser hon hur en förvirring uppstår i Mikaelas ansikte.

"Vaddå det där?"

"Titta vad som händer nu." Hon nickar lite lätt mot tvn.

Striden i den sista filmen har nått sitt slut. Ron och Hermione ligger hjälplösa mot ruiner när Nagini, ormen, den sista horrokruxen att förstöra innan ondskans makt kan utplånas helt kommer flygandes med skräckinjagande käftar mot de. För den som varken läst eller sett Harry Potter tidigare kanske detta är helt främmande referenser men den som vet, den vet. Precis när

biopubliken tror att ormens käftar kommer greppa tag om
kärleksparet kommer den otroligt korkade Neville Longbottom
som alltid misslyckats med allt i livet, med ett svärd. Det fruktade
och kraftfulla svärdet som en gång tillhört Godric Gryffindor som
kan bekämpa all ondska i världen och hugger av huvudet på ormen.
Paus, för återhämtning.

Tjejerna skrattar ihop till scenen.

"Skulle du hugga av hans huvud?"

”...nej det skulle jag väl inte. Jag vet inte vad jag skulle göra.
Frågar du mig nu, skulle jag låtsas om som jag inte kände honom.
Frågar du mig om tio år kanske jag inte ens minns honom.”

”Jag tror ändå att det fanns någon mening.”

En bråkdel inom henne vill berätta om de andra upptäckterna
kring honom och hans liv han levt sen han åkte. Insikter som fått
henne att tvivla starkt på att något stort och universalt, som
stjärnor och planeter styr över skulle ha sammanfört ett liv i Umeå
och Katrineholm till ett. Men hon hejdar impulsen. Den enda som
kan såra en är den som fått tillåtelse till att kunna göra det.
Fullmakten hon en gång gav honom är sen länge rivet.

”Kommer du ihåg Christoffers tatuering han hade på magen?”

Mikaela tittar besvärat på henne.

”Jag såg väl aldrig ditt ex naken.”

Hon börjar skratta.

”Nej men du vet att han har en?”

"...jo det vet jag.”

”Kommer du ihåg vad som stod på den?”

”Något med time will tell, eller?”

”Exakt.”

På teven har tiden spolats fram, huvudkaraktärerna har åldrats ytterligare tio år och är redo att släppa av sina barn på perrong nio och trekvart.

”Tror du att du nån gång kommer att träffa honom igen?”

Tanken har slagit henne men eftersom kontraktet är rivet sen länge att han får demolera och försätta henne i ruiner igen har hon låtit tanken försättas i koma, för att en dag hamna i ren glömska.

Filmen kommer när som helst att komma till sluttexterna och sluta lyckligt. Även om det är något helt annat mot vad hon har fått, vet hon att hon en dag kommer få ett.

Ett slut. Ett lyckligt sådant.

Helt okomplicerat och utan någon uppföljare.

Det högra ögonbrynet far upp, innan hon klyftigt, med ett brett flin över hela ansiktet kläcker ur sig:

”Time will tell.”

Söndag 13 januari.

Exakt ett halvår har passerat sen han kom in i livet via huset på söder, han blev inte mer långvarig än så. Han kom, skrev sina begynnande kapitel, långa och definierade som blev till en hel bok under några månaders tid och avslutade det tvärt. Det är väl så kärleken fungerar ibland och tyvärr finns det ingen handbok för ett brustet hjärta. Framförallt kan det inte vävas in genom vackra ord eller romantiseras som Goethe, Shakespeare och Tolstoj för att nämna några, verkat tro. Det är nyckfullt att det heter ett brustet hjärta när hela kroppen känns söndersargad och det enda du vill är att få skrika högt:

VEM FAN SA ATT KÄRLEKEN ÄR LIVETS STÖRSTA MENING?!
Det kanske bara är så det är. Oavsett hur sköra och bräckliga somliga historier kommer att vara, är det fortfarande en historia som kommer att skrivas huruvida du vill det eller inte.

Somliga kommer att skriva några korta stycken, en annan en enstaka mening eller möjligen en metafor. Sen kommer personerna som får all möjlig logik att försvinna och skriver kapitel på kapitel, vackra noveller, triologier eller hela uppslagsverk. Helt oberoende av varandra och längd kommer vissa historier skänka dig lycka, berusning av eufori och nostalgi, andra, vemod, sorg eller en stor tomhet som emellanåt verkar ha bestämt sig för att stanna och aldrig flytta.

Det här är min historia, som skänkt mig båda ovanstående delar. Även om den nått sitt slut, är jag fortfarande beredd att hålla med. Vem det än var som sa att kärleken är livets största mening- fan så rätt den har.

Tack till:

Zandra Nordström, min första läsare, kollega och engagerade vän som korrekturläst manus från första utkast till färdig produkt.

Alla svenska artister, som inspirerat och lyckats tonsätta varje kapitel i denna bok.

Josefine Gutierrez Eliasson, Emma Lindman, Charlotta Gustavsson, Laana Hamzic, och **Sandra Vannfält**, för ert fantastiska stöd under denna resa.

Tommy Myllymäki och **Kristofer Winnerhed**, för ert initiativtagande att öppna Restaurang Parken i Katrineholm.

Umeå, för lånet av er stad.

"Jonathan Engwall", 579 km fågelväg bort, utan dig hade jag aldrig skrivit denna bok.

SOUNDTRACK

HERSIDE STORY
UÅ 903-NÅNTING.